Das Böse darf nicht siegen

Petra Scheuermann

Das Böse darf nicht siegen

Kriminelle Kurzgeschichten

Bibliografische Information der Deutschen Nationalbibliothek:
Die Deutsche Nationalbibliothek verzeichnet diese Publikation in
der Deutschen Nationalbibliografie; detaillierte bibliografische
Daten sind im Internet über dnb.d-nb.de abrufbar.

TWENTYSIX
Eine Marke der Books on Demand GmbH

Covergestaltung: Dream Design – Cover and Art
Coverfoto: www.shutterstock.com_1277098357_Jub-Job

Herstellung und Verlag: BoD – Books on Demand, Norderstedt

ISBN: 978-3-740705-72-5

Das Projekt wurde gefördert durch ein
Stipendium des Ministeriums für Wissenschaft,
Forschung und Kunst Baden-Württemberg

Inhaltsverzeichnis

Ein Fall für die Mordkommission?

Wenigstens einen richtigen Verhörraum hatte ich erwartet und zwei Kommissare, die guter und böser Bulle mit mir spielten. Stattdessen saß ich in diesem mickrigen Büro in der Polizeiinspektion Friedrich-Ebert-Straße und musste warten, bis Herr Bauer, ein Endfünfziger mit fahler, ungesunder Gesichtsfarbe, Zeit für mich hatte. Während er in seinen Computer tippte, besah ich mir den schmucklosen Raum. Es gab zwei mit Akten beladene Schreibtische, der eine Arbeitsplatz allerdings war leer. An der vergilbten Wand klebten mehrere Fotos böser Jungs, die mich mit finsteren Blicken durchlöcherten.

Endlich notierte der Polizist meinen Namen und meine Anschrift.

Gleichgültig schaute mich Herr Bauer an: »Es geht um einen Mord?«

Bestimmt war er vom Kriminaldauerdienst, der Polizist sah entsprechend müde aus.

All meinen Mut nahm ich zusammen und presste hervor: »Ich habe meine Schwiegermutter ermordet.«

Jetzt war's raus.

»Ihre Schwiegermutter?«, fragte der Beamte teilnahmslos.

»Meine Schwiegermutter und Florian Silbereisen«.

Endlich kam Leben in ihn. »Sie haben ihre Schwiegermutter ermordet und«, er machte kunstvoll eine Pause, »und Florian Silbereisen?« Jetzt sah er mich sehr interessiert an. »Gestern beim Dirndlfest der Volksmusik hat der Silbereisen noch gelebt. Na ja, war wahrscheinlich eine Aufzeichnung.« Der Spott in seiner Stimme war unverkennbar.

»Ja, wahrscheinlich. Aber diesen Volksmusikanten meine ich nicht.«

»Ach, schade eigentlich.«

Sein Interesse an mir war augenblicklich erloschen.

»Florian Silbereisen war der Dackel meiner Schwiegermutter Magda«, sagte ich, um das Ganze zu beschleunigen.

»Der Hund Ihrer Schwiegermutter heißt Florian Silbereisen?«

»Hieß«, verbesserte ich ihn.

»Stimmt, Sie haben ihn ja umgebracht, ihn und ihre Schwiegermutter. Wie haben Sie das denn angestellt?«

»Sie sind in den Aufzugsschacht des Frankenthaler Seniorenstifts *Am Speyerer Tor* gestürzt, erst Silbereisen und dann meine Schwiegermutter.«

»Haben Sie die beiden hinuntergestoßen?«

»Natürlich nicht.«

»Dann haben Sie sich an der Technik zu schaffen gemacht?«

»Nein«, stellte ich klar, »mit so einem technischen Zeugs kenne ich mich doch nicht aus.«

Mit der rechten Hand wischte ich mir die Schweißperlen von der Stirn. Am liebsten hätte ich jetzt einen Rückzieher gemacht, aber dafür war es eindeutig zu spät. Ich erzählte, dass meine Schwiegermutter mit Silbereisen in Richtung des großen Glasaufzugs ging, während ich die Tür ihres Apartments abschloss.

Meine nächsten Worte waren mir peinlich: »Und dann dachte ich: Warum stürzt die alte Wachtel nicht mit ihrem Scheißköter den Aufzugsschacht runter. Und schon passierte es.«

»Wie, Sie haben das nur gedacht, gar nichts getan?«

»Nein, aber ...«

»Frau Ruhdolf, das ist kein Fall für die Mordkommission. Sie scheinen mir etwas überspannt zu sein.«

Ja, ja, ich weiß, eigentlich hätte ich jetzt auch den anderen Mord gestehen müssen, aber ich dachte an meinen Mann und an die Schlagzeilen in der Zeitung mit den großen Buchstaben.

»Mit dem Oberstaatsanwalt Ruhdolf sind Sie nicht verwandt?«, wollte er jetzt wissen.

»Verwandt nicht«, sagte ich, »aber verheiratet.«

Ein feistes Lachen huschte über sein Gesicht, als er sich laut auf die Schenkel schlug. Schnell hatte er sich wieder gefangen und sagte ganz förmlich: »Warten Sie bitte hier, ich benachrichtige Ihren Mann.«

Hinter der Verbindungstür zum Nachbarzimmer, durch die der Polizist verschwunden war, hörte ich schallendes Gelächter. Wenn ich in dieser Situation noch den Mord an Frau Unger, der Klassenlehrerin meines Sohnes Tobias, gestanden hätte, dann hätten die mich doch gleich in die Psychiatrische Abteilung der Stadtklinik verfrachtet. Frau Unger wollte unseren Jungen nicht in die dritte Klasse versetzen. Aber unser Tobi ist so ein sensibles Kind. Diese Frau hätte doch nicht nur die Psyche unseres Buben, sondern seine gesamte Karrierelaufbahn zerstört. Als die Lehrerin nach dem erfolglosen Gespräch auf ihr Fahrrad stieg, dachte ich: Hoffentlich wird diese impertinente Person von einem Auto überfahren.

Johann kam mir in den Sinn. Bestimmt wird er wieder behaupten, an allem sei nur diese Literaturgruppe schuld. Seit meiner ersten Teilnahme schrieb ich humoristische Krimis und darüber konnte mein Mann überhaupt nicht lachen. Wohlweislich veröffentlichte ich meine Bücher unter einem Pseudonym.

Mit Karacho wurde die Tür aufgerissen und Johann stob durch den Raum: »Bist du jetzt völlig übergeschnappt. Verdammt A-N-I-T-A! Hast du deinen Verstand verloren?«

Mein Mann schrie mich an und fluchte, beides tat er sehr, sehr selten; eigentlich war er mehr der ruhige, besonnene Typ. Und meinen Namen hatte er ausgesprochen, als würden sich die einzelnen Buchstaben gar nicht kennen. Johann riss mich vom Stuhl hoch und schob mich durchs Büro. Wie eine Schwerverbrecherin verfrachtete er mich in unseren Wagen, beim Einsteigen schützte er meinen Kopf, so wie das die Polizisten im Film immer machen. Da war ich mir sicher, er würde mich in den Frankenthaler Knast bringen. Aber stattdessen hielt er den Wagen am *Wormser Tor* an.

»Du gehst auf der Stelle zu Frau Sonnleitner, einer Psychologin. Die wird dir diesen Mist ausreden.«

»Es ... es tut mir leid«, stotterte ich.

»Da vorne um die Ecke ist der Eingang«, sagte er nur kalt.

Eine Psychologin, was sollte ich der denn erzählen?

Frau Sonnleitner war faltenlos, blond, vollbusig, spindeldürr, kein Haar wellte sich ungefragt in eine falsche Richtung.

»Ei, bittschön, setzen Sie sich doch.« Ihr österreichischer Dialekt war unverkennbar. »No, schildern'S mal Ihr Problem.«

Überheblich saß sie da und sah auf mich und mein Problem herunter. Ich wurde immer kleiner, dicker, dümmer und hässlicher. Nach gefühlten fünf Stunden verließ ich diese Praxis, nicht ohne einen neuen Termin erhalten zu haben. Zwanzig Stunden sollten ausreichend sein, wenn ich es an Kooperation nicht missen lassen würde. Bis zum nächsten Mal sollte ich mir morgens vor dem Aufstehen und abends vor dem Zubettgehen dreißig Mal sagen: »Ich bin unschuldig.« Frau Sonnleitner wollte mein Problem hauptsächlich mit Suggestion heilen.

Auf dem Weg nach Hause zu unserem Häuschen in Studernheim übte ich schon mal im Bus: Ich bin unschuldig. Ich bin ... Genau dreißig Mal sagte ich es in Gedanken; auf keinen Fall wollte ich etwas falsch machen. Und tatsächlich, Unschuld war es nicht, was sich in mir ausbreitete, aber immerhin ein Gefühl von etwas weniger Schuld.

Johann schrie mich sofort wieder an: »A-N-I-T-A! Meine Mutter ist in den Aufzugsschacht gefallen; es war ein Unfall.

Wie konntest du dem Polizisten so einen Blödsinn erzählen? Ich hoffe nur, dass nichts nach draußen dringt, sonst: Gnade dir Gott! Seit du das erste Mal in dieser Literaturgruppe warst, bist du nicht mehr gescheit. Diese Krimis steigen dir in den Kopf. Lass dir eines gesagt sein: Du wirst an keinem dieser Literatentreffen mehr teilnehmen, nur über meine Leiche!«

Jetzt musste ich erst einmal meine Nerven beruhigen, daher bereitete ich als Abendessen mein Lieblingsgericht *Verheiratete* zu. Das selbstgemachte Zwetschgenkompott passte hervorragend zu den Kartoffeln, Mehlspatzen und den gerösteten Brotwürfeln.

Seit drei Wochen ging ich nun zweimal wöchentlich zu Frau Sonnleitner und plauderte dort aus meinem Ehe-Nähkästchen, schließlich war diese Psychologin für meinen Seelenmüll zuständig. Morgens, abends und zwischendurch suggeriere ich fleißig. Inzwischen war ich mir sicher, auch wenn mich meine Therapeutin vom Gegenteil überzeugen wollte: Mein Mann hatte eine Affäre! Mit seiner neuen Kollegin. Nein, ich las nicht heimlich seine SMS oder WhatsApps, ich sah mir auch nicht seine E-Mails an. Ich wollte es gar nicht so genau wissen. Und dann sah ich die beiden. Im Fernsehen. Nur eine Sekunde lang. Händchenhaltend. Bei einer Dokumentation über ein Fallschirmevent auf Teneriffa. Von wegen internationaler Juristenkongress! Fallschirmspringen war ihr großes Hobby. Überall in ihrer Praxis prangten an den Wänden diese Bilder von in der Luft schwebenden, zu einem Paket geschnürten Menschen.

Am Tag vor Heiligabend stand Herr Bauer vor unserer Haustür. Er erklärte mir, dass Johann bei einem gemeinsamen Fallschirmsprung mit einer gewissen Frau Sonnleitner sein Leben verloren habe. Während der Polizist mit mir sprach, suggerierte ich ununterbrochen: Ich bin unschuldig, ich bin unschuldig, ich bin …

Schlagartig wurde mir klar, dass dieses Erlebnis mein Leben von Grund auf verändern wird. Und ich schwor mir, nie wieder etwas Böses über ein anderes Lebewesen zu denken. Während ich beschloss, ein besserer Mensch zu werden, fiel mir ein, dass es Zeit wurde, zur Krimilesung meiner Literaturgruppe aufzubrechen.

Verheiratete

Für zwei Personen

Zutaten
400 g Kartoffeln
250 g Mehl
125 ml Wasser
1 Ei
1 Prise Salz
Brotreste
50 g Butter

Zubereitung
Die Kartoffeln schälen, klein schneiden und in Salzwasser garen. Für die Mehlspatzen einen Teig aus Mehl, Wasser und dem Ei herstellen. Wasser mit Salz aufkochen und den Teig mit einem Esslöffel in das Wasser laufen lassen. Die Mehlspatzen so lange ziehen lassen, bis sie an der Wasseroberfläche schwimmen.
Die Brotreste zu kleinen Würfeln schneiden und in einer Pfanne in der Butter rösten.
Die Kartoffeln mit den Mehlspatzen und den gerösteten Brotwürfeln in einer Schüssel anrichten.

Zu den Verheirateten passen Apfelbrei oder Kompott (z.B. Zwetschgenkompott).

Rabenmutter

Sarah setzt sich am Mainufer auf eine Bank. Ein Rabe fliegt über das Dach eines anlegenden Ausflugsschiffs. »Ob Raben tatsächlich schlechte Mütter sind?«, fragt sich Sarah. Das Passagierschiff spuckt unzählige Touristen aus seinem schützenden Maul wie ein Buntbarsch seine Jungen, wenn die Gefahr vorüber ist. Die Touristen werden einen Stadtrundgang machen und dann in Miltenberg zu Mittag essen. Sie haben Glück, es ist ein wunderschöner Frühlingstag mit einer Sonne, die alles überstrahlt. Zum ersten Mal nach langer Zeit fühlt sich Sarah wieder jung und lebendig. In diesem Augenblick ist es, als wäre sie in das Leben einer anderen jungen Frau geschlüpft, der noch alle Türen offenstehen. Sie schiebt die langen Ärmel ihrer Bluse hoch und genießt die Sonnenstrahlen auf ihrer nackten Haut.

Auch damals, als sie mit ihren Eltern nach Miltenberg zog, war es Frühling. Überall blühten die Forsythien gelb wie Neid. Sie hatte sich so sehr gefreut, mit ihren Eltern in das Häuschen zu ihrer Großmutter zu ziehen. Sie liebte ihre Oma Monika, Miltenberg und das kleine Fachwerkhaus. Und endlich durfte sie zur Schule gehen.

Sarah steht auf und geht in Richtung Marktplatz. Sie macht extra einen Umweg, um nicht an dem Haus vorbeigehen zu müssen. In der Nähe des Marktplatzes setzt sie sich in ein Café und wählt ein Stück Linzertorte. Die Großmutter hatte immer Linzertorte gebacken. Der Geruch des Kuchens steigt Sarah in Nase, als würde Oma Monika die Torte vor ihren Augen aus dem Backofen holen. Warum hatte sie der Großmutter damals nichts gesagt? Hatte sie Angst, dass sie ebenso reagieren würde wie die Mutter?

Sarah steckt den ersten Bissen Kuchen in den Mund. Die Torte ist eine Enttäuschung, schmeckt nicht wie die von Oma. Warum ist alles in ihrem Leben eine Enttäuschung? Warum kann sie nicht auch einmal Glück haben? Warum haben das immer nur die anderen?

Alle wunderten sich damals über ihre schlechten Noten. Sie hatte sich doch so sehr auf die Schule gefreut.

Noch heute fühlt Sarah die Ohrfeige der Mutter auf ihrer Wange. Tagelang glühten damals die Finger ihrer Mutter für alle sichtbar wie ein Feuermal. »Du Lügnerin, sag so etwas nie wieder! Nie mehr wieder!«, schrie die Mutter. Endlich hatte Sarah sich getraut, zu sagen, was der Vater mit ihr machte, wenn die Mutter spät abends zum Putzen außer Haus war. Sarah wischt sich über die Augen, als könnte sie so die Vergangenheit auslöschen.

Rabenmutter.

So werden sie sie nennen. Niemand wird ihr Tun verstehen. Niemand. Dabei hat sie sich auf das Kind gefreut, war so glücklich gewesen, als der Arzt sagte, dass es ein Mädchen werden würde.

Ein Mädchen.

Sarah hätte die ganze Welt umarmen können. Als der Arzt seinen Fehler bemerkte, war es für eine Abtreibung viel zu spät. Es war ein Junge. Wie hätte Sarah ihn großziehen können? Er wäre doch irgendwann ein Mann geworden. Das musste sie verhindern. Kein Mensch wird verstehen, was sie getan hat. Dabei musste sie es tun. »Rabenmutter« werden die anderen zu ihr sagen.

Artikel im »Untermain-Kurier« vom 21. März 2012

Am Vormittag des 20. März 2012 konnten Taucher im Main kurz vor der Staustufe Heubach die Leiche eines Säuglings bergen, der nach bisherigem Stand der Ermittlungen von seiner Mutter mit Tötungsabsicht in den Main geworfen wurde.
Die Polizei war von einem Vogelkundler benachrichtigt worden, der am gegenüberliegenden Ufer eine Frau beobachtet hatte, die sich auffällig verhielt und ein Bündel in den Main warf. Vorsorglich informierte er die Polizei. Wahrscheinlich lebte das Baby zu diesem Zeitpunkt noch. Nach Ermittlungen der Polizei wurde die 19-jährige Sarah K., die Mutter des Kindes, noch gestern Nachmittag in ihrer Frankfurter Wohnung verhaftet. Sie schweigt bisher zu den ihr zur Last gelegten Anschuldigungen.

Gertenschlank

Um Punkt zehn Uhr reicht Gerti ihrem Chef – wie jeden Tag – ein Stück selbstgebackene Latwerg-Käse-Torte, die neuesten Verkaufszahlen der Firma Scholze und die heutige Presseschau. Aus der knallroten Thermoskanne auf dem Schreibtisch schenkt Gerti ihrem Herrn Erwin eine Tasse Kaffee ein und erntet ein dankbares Lächeln. Sie weiß, wenn ihr Chef erst einen Blick in die aktuellen Verkaufszahlen geworfen hat, wird sich seine Miene verfinstern. Auch die Pressenachrichten sind alles andere als ermutigend. Es sind schwierige Zeiten für das kleine Mannheimer Pharmaunternehmen Scholze, das den Börsengang noch vor der Banken- und Finanzkrise gewagt hat.

Gerti tippt die Briefe schnell nach Diktat. Flink und kompetent geht sie ihren täglichen Aufgaben als Chefsekretärin nach. Als rechte Hand des Geschäftsführers hat sie alles im Griff, auch wenn Frau Engel, die neue Sekretärin des stellvertretenden Geschäftsführers, versucht, das Gegenteil zu beweisen. Alles weiß die Engel besser. Nur sie kann alle Computerprogramme aus dem ff, nur sie weiß, wie man einen Geschäftsbrief nach Norm schreibt, nur sie kennt die Form eines Vorstandsprotokolls. Immer wieder fragt sich Gerti, wie die Firma Scholze seit fünfundfünfzig Jahren ohne Frau Engel bestehen konnte.

Insgesamt hat Gerti hundertzwanzig Überstunden angehäuft, schließlich ist sie unabkömmlich in der Firma Scholze. In der Dienstbesprechung schlägt der stellvertretende Geschäftsführer, Herr Lauer, vor, dass alle Mitarbeiter bis zum Jahresende ihre gesamten Überstunden auf Null fahren sollen. Gerti denkt nicht im Traum daran, dass dies auch auf sie zutreffen könnte. Umso erstaunter ist sie, als sie zwei Stunden später in einer Unterschriftenmappe ein Schreiben vorfindet, in dem alle Mitarbeiter aufgeführt sind, die ab sofort ihre Überstunden abbauen müssen. In dieser Liste steht Gerti ganz oben, neben ihrer Stundenzahl prangt ein dickes rotes Ausrufezeichen. Aber was soll Herr Erwin denn ohne mich machen? Gerti verehrt ihren Chef. Er ist ein Gentleman der alten Schule, dick und gemütlich. Leider ist er seit einer Ewigkeit verheiratet, sonst hätte Gerti sich ihn längst unter den Nagel gerissen.

Am nächsten Morgen wird sie zu Herrn Lauer gerufen. Er drückt ihr einen Urlaubsantrag in die Hand und sagt, dass sie ab dem nächsten Tag für drei Wochen beurlaubt sei, freiwillig oder unfreiwillig. Gerti ist entsetzt.

»Selbstverständlich bin ich gerne bereit, meine Überstunden – wie immer – dem Unternehmen zu schenken.«

»Hören Sie, Frau Knobel, ich möchte mich nicht wiederholen. Bitte übergeben Sie Ihre Tätigkeiten an Frau Engel, die Sie die nächste Zeit vertreten wird.«

»Aber ...«

»Kein Aber, Frau Knobel. Überhaupt kein Aber. Bitte schließen Sie die Tür, wenn Sie gehen. Danke!«

Gerti hat es die Sprache verschlagen. Als sie ins Büro von Herrn Erwin kommt, und ihm alles berichten will, sagt der nur: »Ja, Frau Gerti, ich weiß. Es sind schwere Zeiten angebrochen, äußerst schwere Zeiten.«

Da kommt auch schon die Engel, um mit Gerti die Übergabe zu machen. Es dauert länger als sonst, denn diesmal will die Engel alles ganz genau von Gerti wissen. Sicherlich, denkt Gerti, macht das die Engel, um mich noch ein bisschen mehr zu demütigen.

Dann sitzt Gerti zuhause in Käfertal. Was soll sie drei lange Wochen machen? Zum Glück ist jetzt Pflaumenzeit. Gerti kocht kiloweise Latwerg ein. Fast zwei Wochen lang köcheln Stunden um Stunden unzählige Töpfe mit einer zähen, dunklen Masse in Gertis Küche. Das Geheimnis von Gertis Latwerg ist, dass sie das Pflaumenmus noch einige Stunden länger und somit dickflüssiger einkocht, dazu kommt ihre Extraportion Zimt. Gerti mag diesen süßlichen Duft, der tagelang schwer durch ihre kleine Wohnung wabert. Das Latwerg benötigt sie hauptsächlich für ihre Latwerg-Käse-Torte. Sie bedeckt einen Käsekuchen mit einer Pflaumenmus-Schicht, der dann, ähnlich einer Linzer-Torte mit Teiggittern belegt wird. Und dann ab in den Backofen. Das Rezept dieser Spezialität hat Gerti von ihrer Großmutter geerbt.

Nach der Einkochaktion bleibt Gerti noch eine Woche Urlaub. Jetzt löst sie Kreuzworträtsel auf Kreuzworträtsel und schickt die Lösungen ein.

Gerti hat auch Zeit zum Shoppen. Sie fährt in die Innenstadt und stöbert in der Boutique »Rubens« in der Nähe des Wasserturms. Gerti hasst es, dort einzukaufen. Es hat immer etwas Frustrierendes in diesen extraweiten Größen zu wühlen, aber was soll Gerti machen, sie hat Größe 52. Seit Egon sie nach zwanzig Ehejahren wegen einer Jüngeren und Schlankeren verlassen hat, frönt sie dem Essen. Am liebsten hätte sie Egon damals vergiftet, vielleicht hätte sie dann ein neues Leben und eine neue Beziehung beginnen können und hätte sich nicht nur dem Essen hingegeben. Aber so wuchsen Gertis Erfahrungen mit Diäten entsprechend ihres Bauch- und Hüftumfangs. Alle Diäten hat Gerti ausprobiert, wirklich alle, von der Apfel- über die Kartoffel-, von der Eier- bis zur Steakdiät, von der Reisdiät, über Trennkost, bis zu FdH. Gerti hat Kalorien gezählt, Punkte addiert, Fett ausgerechnet, Eiweiß und Kohlenhydrate getrennt. Und jedes Mal aufs Neue dachte sie: Jetzt klappt's. Aber all ihre Mühe war vergebens. Niemals nahm sie auch nur ein Gramm ab, im Gegenteil: Nach jeder Diät legte sie weiter zu. Der Jo-Jo-Effekt. Während einer Diät hält sie sich zurück, um danach umso mehr zuzuschlagen. Sie hat einen Artikel darüber in der Zeitschrift »Stars Intim«

gelesen. Oft hat Gerti das Gefühl, als würde sie an Gewicht zunehmen, sobald sie nur an bestimmte Nahrungsmittel denkt. Wie gerne würde sie wenigstens ein bisschen abnehmen! In ihrer Verzweiflung hat sie alle auf dem Markt befindlichen Schlankheits-Pillen getestet, selbstverständlich auch die verschiedenen Appetitzügler der Firma Scholze. Aber auch die zeigten allesamt keinerlei Wirkung.

Gerti atmet auf, als sie sich endlich wieder auf den Weg in *ihre* Firma machen darf. Dort betritt sie ihr Sekretariat: Mist. Sie hat sich in der Tür geirrt, das ist ihr noch nie passiert. War ihr Urlaub so lang, dass sie nicht einmal mehr ihr Büro findet? Aber ... Das ist nicht ihr Büro. Oder doch? Es hat große, sehr große Ähnlichkeit mit ihrem Büro, aber es ist es nicht. Gerti blickt auf das Schild an der Tür »Frau Engel«. Dieses gemeine Biest! Die hat doch tatsächlich in den drei Wochen meinen Job geklaut.

Ungehalten stürmt Gerti in das Büro des Geschäftsführers und stammelt unter Tränen: »Herr Erwin ...«

Ein dynamischer, junger Mann sieht sie irritiert an und will wissen: »Haben Sie einen Termin?«

»Herr Erwin ...«, stammelt sie erneut.

»Herr Erwin ist im vorzeitigen Ruhestand.«

»Ruhestand? Herr Erwin?«

»Wer sind Sie überhaupt?«

»Ich bin die erste Sekretärin.«

»Ach die ...«, bei diesen Worten zieht er seine Mundpartie nach unten, als sei Gerti ein lästiges Insekt. »Die erste Sekretärin ist jetzt Frau Engel. Sie wird Ihnen sagen, was Sie zu tun haben.«

»Sie wird ... WAS?«

Energisch schiebt er Gerti aus seinem Büro.

Die Engel stürmt gerade um die Ecke: »Ach, da sind Sie ja endlich, Frau Knobel, Sie sitzen jetzt in meinem früheren Büro.«

Ein falsches Lächeln überzieht ihr Gesicht wie eine klebrige Zuckerglasur. Ich wette, denkt Gerti, schon seit Tagen hat die Engel darauf gewartet, mir diesen einen Satz sagen zu dürfen.

In Gertis neuem Büro stehen ihre Pflanzen lieblos und halb vertrocknet in einem gebrauchten Umzugskarton. Daneben steht ein weiterer Karton mit ihren Habseligkeiten.

Die Tür geht auf und die Engel schwebt herein und lässt zehn Bänder des Diktiergerätes auf Gertis neuen Schreibtisch fallen. »Hier, die sind noch von dem früheren Chef. Schreiben Sie die Briefe bitte nach Diktat, die Unterschrift leistet jetzt selbstverständlich Herr Dr. Stürzer. Bis um vierzehn Uhr liegen die Briefe zur Kontrolle auf meinem Schreibtisch!«

»Blöde Gans!« Gerti ist sich sicher, dass sich diese Worte beim Hinausgehen noch in die Ohren der Engel gebohrt haben. Nachdem sich Gerti das Headset aufgesetzt hat, lauscht sie der sonoren Stimme von Herrn Erwin, während ihre Finger flink über die Tasten fliegen. Immer wieder kullern Tränen über ihre Wangen. Drei Wochen Urlaub und ihr Leben gleicht einem Trümmerhaufen. Unter Tränen stopft sich Gerti das für Herrn Erwin bestimmte Stück Latwerg-Käse-Torte in den Mund. Nie wieder wird sie ihrem Chef seine kleine Sünde reichen können. Gerti fühlt sich als zweifache Witwe. Jetzt hat sie ihre beiden Männer verloren.

Stürzer ändert alle Geschäftsabläufe. Alle! Nichts ist mehr, wie es einmal war. Und wenn Gerti sagt: »Aber das haben wir doch schon immer so gemacht.« Dann bellt Herr Dr. Stürzer: »Da wird es ja Zeit, dass wir das ändern.«

Seit vier Wochen ist Gerti jetzt die zweite Sekretärin und arbeitet für Herrn Lauer. Seine Laune ist mit dem neuen Chef nicht gerade gestiegen, denn er hat damit gerechnet, dass er Herrn Erwin in einigen Jahren beerben könne. Und jetzt hat der Vorstand einen jungen Schnösel von außen geholt.

Als Gerti an diesem Morgen in ihr Büro kommt, liegt auf ihrem Schreibtisch eine rote Unterschriftenmappe. Sofort sieht sie hinein und wird fast vom Schlag getroffen. Stellenanzeigen, aus dem »Mannheimer Morgen« vom Samstag, alle Stellenanzeigen, in denen eine Sekretärin gesucht wird. Das war garantiert dieses Biest, die Engel. Wer sonst?, mutmaßt Gerti. Na ja, der Lauer könnte es auch gewesen sein; der hätte gerne ein junges Ding, dass sich nicht ausschließlich um seine Korrespondenz kümmern müsste.

Abends schließt Gerti die Wohnungstür auf und schon laufen ihr die Tränen über die Wangen. Sie öffnet ihre Post. Durch die vielen Tränen hindurch kann sie die Briefe nur schwer lesen. Aber da steht groß und deutlich: »Sie haben gewonnen! Herzlichen Glückwunsch zu einer zweiwöchigen Reise in die Türkei mit dem weltbekannten und beliebten Volksmusikanten Hansi Vorderseer. Die Zeitschrift »Stars Intim« freut sich mit Ihnen.« Hansi Vorderseer. Der Hansi Vorderseer? Aber was soll sie denn in der Türkei? Sie wird doch in der Firma Scholze gebraucht. Wird sie das wirklich? Warum soll sie nicht einfach zwei Wochen Urlaub nehmen und mit Hansi Vorderseer in die Türkei fliegen? Mit Hansi Vorderseer!

Als sie am nächsten Tag vor der Engel damit angeben will, fragt die doch tatsächlich: »Und wer ist Hansi Vorderseer?«

Sechs Wochen später geht es los. Ziel: Antalya. In der Maschine sieht Gerti Vorderseer nur kurz, als er im vorderen Abteil hinter dem Vorhang verschwindet. In der Türkei werden alle Gewinner in einen Bus gesetzt. Ein Reiseleiter teilt mit, dass zunächst die Besichtigung der Kalkterrassen in Pamukkale auf dem Programm stehe. »Sie werden drei wunderschöne Tage in einem Fünf-Sterne-Hotel verbringen. Danach werden Sie Ihr strandnahes Hotel am Küstenabschnitt zwischen Antalya und Alanya beziehen.« Er wünscht einen schönen Aufenthalt in der Türkei und weg ist er. Nach über zwei Stunden Fahrt schimpft der Busfahrer sehr aufgeregt in sein Handy und dann geht es über Straßen, die ihren Namen nicht verdienen. Der Bus hält in einem abgelegenen Dorf im Landesinnern vor einem überdimensionalen Hotel, daneben steht ein verwaistes Riesenrad. Nach Pamukkale sieht das nicht aus, ist sich Gerti sicher. Die Reisegruppe bezieht ihre Zimmer ohne eine weitere Erklärung. Erst am nächsten Vormittag werden sie darüber informiert, dass es Probleme mit der Hotelbuchung gegeben hätte und alle erst einmal drei Nächte hier übernachten müssten.

Nach dem Mittagessen wagt sich Gerti vor das Haus. Das Dorf besteht nur aus wenigen sehr primitiven Häusern. Hier gibt es nichts zu besichtigen, außer der weiten, fast unbewohnten Landschaft.

»Du Deutsch?«, will eine verhutzelte Alte in zerschlissenen Kleidern wissen. Gerti nickt. Die Alte zieht sie in ein uraltes, einfaches Lehmhaus. »Du sitzen, Sohn Almanya.«

Gerti setzt sich.

»Ich Wahrsage-Heilfrau.«

»Eine Wahrsagerin?«, fragt Gerti ungläubig.

»Kräuterhex«, sagt die Alte und sieht ihr direkt in die Augen, als könnte sie darin alle geheimen Wünsche Gertis ablesen. »Du wollen nix dick? Warum? Du nix dick.«

»Doch, doch, ich wäre gerne etwas dünner«, dabei schlägt Gerti mit der Hand an ihr vorgewölbtes Bäuchlein.

»Dick? Du nix dick!«

»Doch viel zu dick«, beharrt Gerti.

Die Alte kramt in einem Schrank und kommt mit einer schwarzen Wurzel zurück. Hiervon bricht sie ein Stückchen ab und reicht es Gerti. »Jedes Tag kleiner Stück in Mund, in drei Wochen dünn.« Die Alte lacht laut und gemein wie eine böse Hexe. Ihr Lachen macht Gerti Angst. »Du nix mehr Mann gut. Mann jetzt bös. Mann muss weg.«

»Egon ist doch schon weg«, sagt Gerti.

»Mann muss weg, böse Mann ganz weg«, insistiert die Kräuterhexe.

Gerti läuft ein kalter Schauer über ihren Rücken. Ist das eine Verrückte? Aber woher weiß diese Alte das alles? Gibt es tatsächlich Wahrsagerinnen? Wenn ja, dann scheint diese Frau eindeutig eine zu sein. Die alte Kräuterhexe bringt ihr ein kleines Fläschchen mit einer schwarzen Flüssigkeit, die aussieht wie Tinte.

»Für Mann, du wissen, wann Zeit.«

Gerti streckt ihr Geld hin.

»Deutsch Geld.«

Sie gibt ihr einen Zehn-Euro-Schein.

»Grün Schein.«

»Hundert Euro?« Gerti wird blass. Schon wieder ist sie dabei, sich über den Tisch ziehen zu lassen. So etwas passiert ihr ständig, sie ist einfach zu gutmütig.

»Du viel Geld, wenn Mann weg, viel, viel Geld.« Die alte Hexe zeigt ihre verfaulten Zähne.

Gerti zögert, gibt ihr dann doch den verlangten Schein.

Nach drei Nächten wird die Reisegruppe in den Bus verfrachtet und in ihr Hotel zwischen Antalya und Alanya gebracht. Dort dürfen alle Rätsel-Gewinner der Zeitschrift »Stars Intim« den Rest des Urlaubs in einem wunderschönen Vier-Sterne-Hotel verbringen. Gerti hat ein Zimmer mit Meerblick erwartet, jedoch sieht sie von ihrem Balkon nur auf die Rückseite des davorstehenden Hotels. Sie begreift, dass »strandnah« wohl heißt, dass die Möglichkeit besteht, den Strand in einem Halbtagesmarsch entlang den vielen Betonburgen zu erreichen. Aber immerhin ist das Essen sehr gut und reichlich.

Zwei Tage später wird ein kostenloser Tagesausflug nach Alanya angeboten. Nach fünfzig Minuten Fahrt stoppt der Bus vor einer Teppichknüpferei, erst nach zwei Stunden geht es weiter. Bei einem Juwelier verbringt die Gruppe anderthalb Stunden und danach heißt es noch einmal zwei Stunden Shoppen im Outlet Shop. Hier kosten Marken-T-Shirts zehn

Euro und Rolex-Uhren fünfundzwanzig Euro. Wahnsinn! Da kann sich auch Gerti nicht zurückhalten.

Inzwischen hat sie das Gefühl, als würde das Zeug der Kräuterhexe eine erste Wirkung zeigen. Vielleicht ist es nur Einbildung, aber als sie auf dem Burgberg von Alanya die Zitadelle besichtigen, fühlt sich Gerti deutlich leichter.

Der Urlaub geht zu Ende, ohne dass die Reisegruppe Hansi Vorderseer auch nur einmal zu Gesicht bekommt. Immerhin drückt der deutsche Reiseleiter allen Gewinnern zum Schluss Hansis CD »I schmilz wie Schokolade« in die Hand.

Zuhause kann Gerti es nicht abwarten und tatsächlich: Sie wiegt drei Kilo weniger!

Drei Wochen später kauft sich Gerti, zum ersten Mal seit langem, einen Rock in Größe 44. Gerti fühlt sich wie Claudia Schiffer. Endlich ist sie gertenschlank. Sie kann nicht aufhören, sich vor dem Spiegel zu drehen und zu wenden. Gertis sehnlichster Wunsch ist Wirklichkeit geworden. Sie geht shoppen, aber nicht in die Boutique »Rubens«, sondern in Läden, die sie noch nie zuvor betreten hat. Sie kauft und kauft, Röcke, Hosen, Blusen, es ist wie ein Rausch, sie kann nicht mehr damit aufhören.

Aber jetzt möchte Gerti nichts mehr essen, weil sie Angst hat, sie könnte wieder zunehmen. Das Essen schmeckt auch nicht mehr so gut wie früher, nicht einmal ihre Latwerg-Käse-Torte. Schon nach wenigen Tagen ist Gertis Euphorie verflogen. Dünn zu sein fühlt sich auf Dauer nicht so an, wie sie erhofft hatte. Es war so viel schöner, davon zu träumen. Gerti fühlt sich nicht wirklich wohl in ihrer Haut. Es hat etwas Fremdes, Falsches, als wäre sie nur zu Besuch in ihrem eigenen Körper. Hat sie mit den Pfunden auch ihre Freude am Essen und sogar ihre Freude am Leben für immer verloren? Irgendetwas in ihrem Dasein scheint in eine falsche Richtung zu laufen.

Die Engel ist krank und Gerti darf sie in ihrem früheren Büro vertreten. Dr. Stürzer erwischt Gerti dabei, wie sie ein Stück Wurzel in den Mund steckt und er will wissen, was das ist. Ahnungslos sagt Gerti: »Mein Appetitzügler.« Dr. Stürzer will Genaueres wissen, aber Gerti ist vielleicht naiv, aber nicht blöd. Sie steckt das restliche Stück Wurzel schnell in ihre Schreibtischschublade. Als Gerti am nächsten Tag ihre Wurzelration zu sich nehmen will, ist der kleine Rest verschwunden. Sie stellt die Schublade auf den Kopf, findet aber nichts. Sollte vielleicht Herr Dr. Stürzer ihre Wurzel gestohlen haben? Gerti kann sich eine derartige Ungeheuerlichkeit nicht vorstellen.

Fünf Monate später: Der Aktienkurs der Firma Scholze ist in schwindelerregende Höhen geklettert. In jeder Zeitschrift, die Gerti aufschlägt, sogar in »Stars Intim«, blickt sie in das Gesicht dieses spindeldünnen Models, das behauptet: »Mühsame Diäten sind gestern. Schlankkauen ist heute. Mit dem Kaubonbon Gerti kauen auch Sie sich gertenschlank.« Dass der Stürzer den Appetitzügler Gerti genannt hat, wird sie ihm niemals verzeihen. Mit Gerti ist er reich geworden, dieser Dr. Stürzer. Natürlich hat er alles als seine Erfindung ausgegeben. Gerti hat sich an den Vorstand gewandt, doch dieser bat sie nur, mit ihren falschen Verdächtigungen aufzuhören. Zurzeit plant Stürzer den Kauf einer riesigen Villa und eines nagelneuen Porsches. Und Gerti? Sie weint sich jede Nacht in den Schlaf.

Als die Engel mal wieder Urlaub hat, kommt Gerti mit einem Stück Torte ins Chefzimmer. Jedes Mal, wenn sie die Vertretung der Engel übernimmt, dann will Dr. Stürzer von Gerti ein Stück selbstgebackene Latwerg-Käse-Torte, und zwar um Punkt zehn Uhr. Das macht der extra, denkt Gerti, um noch ein bisschen mehr Salz in meine offene Wunde zu streuen. Dieser Sadist!

Mit einem hämischen Grinsen, als wäre er der Teufel höchstpersönlich, sagt dieser Unmensch diesmal zu ihr: »Tja, Gertimäuschen, Sie hätten sich etwas schlauer anstellen müssen, dann könnten auch Sie eine Villa und einen Porsche Ihr Eigen nennen.« Das ist zu viel. Es muss etwas geschehen. Aber was? Plötzlich kommt Gerti die rettende Idee: die Tropfen aus der Türkei! Sie hat doch noch diese Tropfen von der Kräuterhexe. Was hat die Alte gesagt: »Böser Mann muss weg.«

Der Geschäftsführer führt die Kuchengabel zum Mund. Gerti hält den Atem an. Eilig schließt sie die Tür. Vielleicht ist sie zu weit gegangen. Soll sie ihn warnen? Nein, für Skrupel ist es jetzt zu spät. Ein Ohr im Chefzimmer wartet Gerti darauf, dass dieses Scheusal endlich vom Stuhl fällt. Aber nichts passiert. Wer weiß, was die alte Hexe in dieses Fläschchen gefüllt hat? Gerti ist felsenfest davon überzeugt gewesen, dass der Stürzer auf der Stelle tot umfallen würde.

Gestern hatte sie das Fläschchen mit der schwarzen Flüssigkeit hervorgeholt, es vorsichtig geöffnet und daran gerochen. Der Geruch erinnerte sie an Zimt. Und da war ihr der Einfall gekommen. Sie hatte den gesamten Inhalt des Fläschchens in das Latwerg geträufelt, bevor sie das Pflaumenmus ordentlich auf der Quarkmasse verteilte.

Im Büro des Geschäftsführers ist es ruhig geworden. Gerti öffnet vorsichtig sie Tür. »Können Sie nicht anklopfen?«, schreit er.

Gerti sagt kleinlaut: »Ich wollte Sie nur an die Vorstandssitzung erinnern.«

»Ach, ja ...«

Schwankend verlässt er sein Büro in Richtung Sitzungsraum. Dr. Stürzer hat glasige Augen, als würde er unter Drogen stehen.

Am nächsten Morgen erscheint der Geschäftsführer nicht zur Arbeit. Bestimmt ist er krank, wahrscheinlich hat die alte Hexe mir ein Abführmittel mitgegeben, denkt Gerti, und wenn er tot ist und ich eine Mörderin?

Eine Stunde später steht Vorstandssekretärin Späher in Gertis Büro. Sie behandelt Gerti immer etwas hochnäsig, besonders seit Gerti nur noch die zweite Sekretärin der Geschäftsführung ist. Aber heute ist etwas Zuvorkommendes in ihrer Art, fast Hochachtung liest Gerti in ihren Augen. »Kommen Sie bitte in zehn Minuten hoch zu Herrn Dr. Jakobi.«

Was soll Gerti bei Jakobi? Sie ist noch nie zu dem Vorstandsvorsitzenden gerufen worden. Kann es sein, dass sie alles wissen? Habe ich den Chef umgebracht?

Gerti sitzt Dr. Jakobi gegenüber. Die Späher bringt zwei Tassen Kaffee. Mit schwitzigen Fingern hebt Gerti die Tasse und nippt an dem Kaffee. Was geht hier vor? Bestimmt warten wir auf die Polizei und ich werde verhaftet. Vielleicht sollte ich alles gestehen.

»Es tut mir leid«, sagt Gerti, »das habe ich nicht gewollt, wirklich nicht.«

»Herr Stürzer hat sich durch seinen Selbstmord einer gerechten Strafe entzogen, dafür können Sie nichts, Frau Knobel. Unsere Firma ist Ihnen auf ewig zu Dank verpflichtet. Natürlich werden wir uns erkenntlich zeigen. Wir würden Ihnen gerne eine Gratifikation für Ihr Erfolgsrezept zukommen lassen und über ein zusätzliches Firmenaktien-Paket werden wir uns sicher einig.«

Gerti sitzt mit offenem Mund da. Sie versteht nichts. Gar nichts. Das muss ein Traum sein, aber ein schöner Traum.

Erst später rückt die Späher damit raus, dass Dr. Stürzer am Vortag zur Vorstandssitzung erschienen sei und sich komisch benommen habe. Als der Vorstandsvorsitzende ihn für seine Verdienste um das Kaubonbon Gerti lobte, habe Stürzer gesagt: »Mich brauchen Sie nicht zu loben. Das Lob gebührt einzig und allein Frau Knobel. Ich habe ihr die Wurzel und somit das Rezept für das Kaubonbon gestohlen.« Und dann habe er alles berichtet. Danach sei er nach Hause gegangen und habe sich mit seiner Lieblingswaffe erschossen.

Gerti fühlt sich schuldig, aber nur ein klein wenig. Kann sie etwas dafür, dass sich Stürzer umgebracht hat? Vielleicht war die Flüssigkeit eine Art Wahrheitsserum gewesen und sein Selbstmord eine Reaktion auf seine eigenen Sünden. Wer konnte das schon wissen?

An diesem Tag beschließt Gerti niemals wieder eine Diät zu machen oder einen Appetitzügler zu schlucken. Nach kurzer Zeit trägt Gerti erneut Größe 46, aber jetzt fühlt sie sich pudelwohl in ihrer Haut. Und dann kommt auch noch Herr Erwin zurück. Seine reguläre Pension steht erst in sieben Jahren an. Eigentlich müsste Gerti nicht mehr arbeiten, aber die Zeit mit Herrn Erwin will sie sich auf keinen Fall entgehen lassen.

Exakt um zehn Uhr – wie jeden Tag – reicht Gerti Herrn Erwin sein Stück Latwerg-Käse-Torte, die neusten Verkaufszahlen und die Presseschau. Besonders der ganzseitige Artikel in der heutigen Ausgabe des »Mannheimer Morgen« wird ihren Chef interessieren.

Die abgebildete Kurve des Aktienkurses der Firma Scholze zeigt steil nach oben. Herr Erwin studiert aufmerksam die Headlines. Gerti sieht ihm dabei über die Schulter und liest mit.

»Das in Mannheim ansässige Pharmaunternehmen Scholze, Brachenprimus in Sachen Appetitzügler, peilt einen Rekordgewinn an. Erstmals im laufenden Jahr hat sich das operative Ergebnis (Ebit) des Pharmaherstellers verdreifacht. Diese Nachricht kommt nicht überraschend. Seit der Einführung des Appetitzüglers Gerti steigerte sich der Umsatz um über fünfzig Prozent. Das alteingesessene Familienunternehmen beschäftigt inzwischen über dreihundert Mitarbeiter in der

Rhein-Neckar-Metropolregion. Neben dem Produktions-
standort in Mannheim besteht eine ausgelagerte Forschungs-
abteilung in Heidelberg.«

Beim Gehen dreht sich die vollschlanke Gerti einmal ge-
konnt um die eigene Achse, dabei zieht sie den Blick ihres
Chefs magisch auf sich, erst dann hebt sie drei Unterschrif-
tenmappen aus dem Ausgangsfach. Glücklich, fast verschwö-
rerisch lächelt sie ihrem Chef zu, bevor sie aus dem Büro
schwebt.

Gertis Latwerg-Käse-Torte

Zutaten
Teig
250 g Mehl (Vollkornmehl geht auch)
1/2 TL Backpulver
70 g Zucker
1 Prise Salz
1 Ei
130 g Butter
1 Eigelb
1 El Milch

Belag
500 g Magerquark
2 Eier (getrennt)
1 Päck. Vanillepudding
100 g Zucker
60 g Butter
150 g Latwerg (Pflaumenmus)

Zubereitung
Mehl und Backpulver in eine große Schüssel sieben, in die Mitte Vertiefung drücken und Zucker, Salz und ein Ei hineingeben. Kalte Butterflocken auf dem Rand verteilen. Schnell zu Teig verarbeiten und 30 Minuten kaltstellen. Den Boden einer Springform gut einfetten oder mit Backpapier auslegen. Den Backofen auf 150 Grad vorheizen (Umluft). Inzwischen Quark, 2 Eigelb, Puddingpulver, Zucker und Butter verrühren; Eiweiß steif schlagen und unterheben.

2/3 des Teiges ausrollen und den Boden der Springform damit belegen, einen Rand hochziehen. Den Tortenboden mehrmals mit der Gabel einstechen. Den restlichen Teig ausrollen und Teiggitter schneiden.

Die Quarkmasse auf dem Teig verteilen und 50 Minuten bei 150 Grad backen. Dann den Kuchen aus dem Ofen nehmen und 150 g Latwerg auf der Oberfläche verteilen. Den Kuchen mit den Teiggittern belegen.

Das restliche Eigelb mit Milch verrühren und das Teiggitter damit bestreichen. Den Kuchen in ca. 20 Minuten bei gleicher Temperatur fertig backen.

(Quelle: Familienrezept)

Pflaumenmus
(Latwerg)

Zutaten
2 kg Zwetschgen oder Pflaumen (möglichst reif)
(wenn die Früchte nicht ganz reif sind, kann man bis zu 10 % Zucker zugeben)
1 Tl Zimt

Zubereitung
Zwetschgen bzw. Pflaumen entkernen und zu Mus zerkleinern (Fleischwolf, Pürierstab u.a.) und in einen großen Topf geben. Mit etwas Wasser bei mäßiger Hitze mindestens 5 Stunden lang köcheln lassen, dabei immer wieder umrühren.
Eine andere Möglichkeit besteht darin, das Mus nach dem Aufkochen in der Saftpfanne im Backofen zu garen. Dies geht schneller und die Masse brennt nicht so leicht an.
Gegen Ende der Garzeit einen Teelöffel Zimt zugeben. Die Masse sollte zum Schluss dick eingekocht sein, nicht mehr fließen und ein durchgezogener Löffel eine Straße hinterlassen.

(Quelle: Familienrezept)

Flammen des Verrats

Es war der 6. Tag des Monats Mai im Jahr des Herrn 1691 in Palma, der Hauptstadt des Königreichs Mallorca.

Teresa saß zwischen ihrer Mutter und ihrem großen Bruder und beobachtete die langwierigen Vorbereitungen. Immer wieder rutschte sie unruhig auf der Holzbank umher. Stolz erfasste sie, immerhin hatte sie drei Sitzplätze ebenerdig, vor der rechten Tribüne, für sich und ihre Familie beim Autodafé, dem Glaubensgericht, ergattert. Die gute Sicht auf das Geschehen konnte ihnen niemand nehmen. Der Vater hatte sich standhaft geweigert, dieser abscheulichen Grausamkeit, wie er es nannte, beizuwohnen. Er hatte Teresa in den letzten drei Jahren spüren lassen, was er von ihrem Verhalten hielt. Sie konnte den Vater nicht verstehen, genauso wenig wie es die Mutter und ihr Bruder konnten. Ihre beiden Schwestern hatten sich auf die Seite des Vaters geschlagen, das hatten sie schon immer getan.

Für alle Fehler, die die beiden Schwestern in jungen Jahren begangen hatten, war Teresa, die Älteste, von ihrem Vater bestraft worden. Daher war sie froh, als sie endlich Lluis ehelichen konnte. Die Eltern der beiden hatten die Hochzeit schon arrangiert, als Teresa und Lluis noch Kinder waren. Sie hatte ihn ebenso wenig geliebt, wie er sie, aber er hatte sie immer gut behandelt. Leider konnte sie mit ihm keine Kinder bekommen, er starb zwei Jahre nach ihrer Hochzeit an einer Herzerkrankung, an der er seit seiner Geburt gelitten hatte. Da es mit Lluis' Familie schon zu seinen Lebzeiten immer Ärger gegeben hatte, nichts konnte sie seiner Mutter recht machen, war Teresa schon bald nach Lluis' Tod wieder zu ihrer Familie zurückgekehrt. Ihre beiden Schwestern hatten das elterliche Heim gegen das ihrer Ehemänner eingetauscht, so-dass es sich in den elterlichen Stuben aushalten ließ. Nur mit dem Vater geriet sie immer wieder aneinander.

Die Menge jubelte und grölte, schon bevor es losging, wie bei einem Volksfest. Im Gegensatz zu ihrem Vater hatte ihre Mutter ihr Tun gutgeheißen, auch wenn sie von diesem Zeit-punkt an von vielen Menschen in ihrem Viertel geschnitten wurden. Einmal war Teresa auf dem Markt einkaufen gewe-sen, als sich ihr ein unbekannter Mann in den Weg stellte und sie grob am Ärmel fasste, um sie am Weitergehen zu hindern. Er baute sich vor ihr auf, sah sie lange mit tiefem Abscheu an. Sie traute sich nicht, sich zu bewegen, dann spuckte er vor ihr aus. Im Weggehen sagte er: »Möge dich der Blitz treffen, du abgrundböse Hexe.«

Hexe, er hatte Teresa eine Hexe genannt. Dabei hatte sie doch nur recht getan. Wie hätte sie denn anders handeln kön-nen?

Hier war eine gigantische Menschenmenge, Teresa sah sich um. Ihre Mutter wollte von einem vorbeilaufenden Wächter wissen, wie viele Menschen dem Schauspiel beiwohnten.

»Dreißigtausend sind gekommen«, war seine Antwort, da-bei glühte sein Gesicht vor Stolz, als hätte er jeden Einzelnen selbst herbeizitiert.

Dreißigtausend. Kein Wunder, dass die vielen Stimmen an-schwollen wie ein Meerestosen bei starkem Sturm.

Doch plötzlich erstarrte die Menge und schwieg. Die Ge-fangenen wurden herbeigebracht. Die meisten Menschen auf dem Platz bekreuzigten sich, wie auch Teresa und ihre Mutter.

Caterina Tarongi war nackt. Alle starrten sie an. Ihr Körper war wohlgeformt und niemand konnte die Augen von ihr las-sen, auch die Inquisitoren nicht. Es ging das Gerücht um, dass ihr Verstand schon seit geraumer Zeit getrübt sei. Aber weder dies, noch die chronischen Fieberschübe, die Entzündungen des Herzbeutels, der Brust- und Bauchhöhle, an denen sie ihr

Leben lang gelitten hatte, nicht einmal die *peinlichen Befragungen*, die Folter, hatten ihrer Schönheit etwas anhaben können.

Der Inquisitor schrie Caterina an: »Was hält dich vom katholischen Glauben ab? Warum willst du jüdisch sein?«

Die Menge war derart still, man hätte einen Olivenzweig fallen hören.

»Ich weiß nur, dass ich jüdisch bin, und dass ich jüdisch sein will.«

Die Menge stöhnte ob dieser Antwort auf, wie aus einem Munde. Jetzt wurde sie bekleidet, um den Dämon in ihrem Herzen zu verhüllen. Die Stimmen der dem Schauspiel Beiwohnenden wurden wieder lauter, sehr laut.

»Verbrennt sie, verbrennt sie, die Hexe. In die Flammen mit ihr.«

Auch ihr Zwillingsbruder Rafel und Rabbi Rafel Valls schworen ihrem jüdischen Glauben nicht ab.

Drei weitere Gefangene verleugneten ihren Glauben und baten um Wiederaufnahme in die katholische Kirche.

Als Nächster kam Esteve an die Reihe. Teresa hatte ihn geliebt, ihr ganzes Leben schon hatte sie ihn geliebt. Was hatte sie nicht alles für ihn getan! Für ihre Liebe zu ihm. Und dann musste sie dieses Gespräch mit anhören, das nicht für ihre Ohren bestimmt war und ihr diese Ungeheuerlichkeit offenbart hatte.

Wandte sich sein Blick in ihre Richtung? Sie wurde dessen gewahr, dass er sie nicht ausmachen konnte, nicht unter all diesen vielen Menschen. Aber trotz allem hatte sie das Gefühl, dass er sie ansah, mit all seinem Hass, ihr gab er die Schuld für das, was passiert war.

»Er sieht zu uns her«, stellte in diesem Augenblick auch die Mutter fest.

Ihr Bruder widersprach.

Auch Esteve schwor dem jüdischen Glauben ab. Er wurde weggebracht. Sein Leben konnte er dadurch nicht mehr retten, aber das Verbrennen bei lebendigem Leib hatte er sich erspart.

Drei Jahre hatten die Gefangenen auf ihren Prozess warten müssen. Viele hatten die Qualen der Folter nicht überlebt.

Teresa half ihren Eltern bei ihrem Kurzwarenhandel, nachdem Lluis verstorben war. Manchmal kam Esteve vorbei, er war ihre große Liebe seit der Kindheit. Schon immer hatte sie ein Auge auf ihn geworfen. Wie gerne wäre sie seine Frau geworden. Aber sie, Teresa, war schon in jungen Jahren Lluis versprochen worden. Und so war es auch Esteve ergangen, auch seine Eltern hatten für ihn eine Frau bestimmt.

Drei Monate nach Lluis' Tod starb auch Esteves Frau Raquel. Sie fanden sie tot in ihrer Bettstatt. Niemand wusste, woran sie verstorben war, außer einer einzigen Person.

An den Brandpfahl gekettet waren lediglich drei Personen: Caterina, ihr Zwillingsbruder Rafel und der Rabbi Rafel Valls. Elf Personen, darunter Esteve, sollten zunächst erwürgt und dann verbrannt werden. Von sieben weiteren Juden, denen die Flucht gelungen war, sollten die gemalten Bilder mit ihrem Antlitz den Flammen anheimfallen.

Nun zündeten sie das Reisig an. Teresa hielt den Atem an. Durch die Menge ging ein Raunen.

Teresas Mutter kannte sich mit Pflanzen aus, sie konnte damit heilen. Ihre Erfahrungen hatte sie an ihre drei Töchter weitergegeben. Daher verfügte Teresa über das Wissen, mit welchen Kräutern man Krankheiten heilen oder ein Leben auslöschen konnte.

Teresa hatte gehört, wie Esteve ihre Mutter angesprochen hatte, ob diese nicht ein Kraut gegen den starken schleimigen Auswurf seiner Frau wüsste. Ihre Mutter mischte verschiedene Kräuter. Als Teresa den Mann, den sie über alles liebte, zufällig in der Stadt traf, erkundigte sie sich nach der Wirkung der Arznei. Esteve sagte, der starke Auswurf habe sich noch nicht gebessert. In diesem Augenblick hatte Teresa ihren Entschluss gefasst.

Heimlich kochte sie zu Hause eine tödliche Kräutermischung. Zuvor wollte sie diese ausprobieren. Sie füllte den Sud in ein Gefäß ab und begab sich zur Stadt hinaus. Auf einem Feld richtete sie ein kleines Schüsselchen für die Vögel an. Als sie am nächsten Tag den Ort aufsuchte, fand sie unweit der Schüssel zwei tote Möwen, drei Taubenkadaver und einen toten Feldhasen. Schnell packte sie ihre Schüssel ein und verließ den düsteren Ort.

Sie war sich nicht sicher, ob die Menge des tödlichen Gifts auch für einen Menschen ausreichte. Aber ein Versuch war es wert. Drei Tage später machte sie sich heimlich mit ihrem tödlichen Sud auf zu Esteves Frau. Sie fand sie allein in ihrer Kammer. Teresa sagte, ihre Mutter schicke sie mit einem neuen Heilkraut. Sogleich packte sie ihren Sud aus und bot ihn der Kranken an. Raquel nahm die stark gesüßte Abkochung dankbar aus ihrer Hand und trank. Sie schüttelte sich und sagte, das Gebräu schmecke schrecklich bitter.

Teresa schenkte ihr noch ein zweites Mal ein und betonte: »Jede gute Medizin ist bitter. Trink, damit du endlich gesund wirst.«

»Ich danke dir, du bist wie eine Schwester für mich.« Während Raquel diese Worte sagte, legte sie ihre rechte Hand auf Teresas Arm.

Noch einige Zeit verweilte Teresa, bis Esteves Frau ein Schwindel erfasste. Nun begleitete Teresa die Taumelnde und auf Geheiß legte sich Raquel auf ihr Nachtlager.

Teresa begab sich zurück in ihr Elternhaus.

Am nächsten Morgen stand Esteve aufgelöst vor der Tür.

»Mein Weib, mein Weib«, schrie er immer nur. Teresa und ihre Mutter hüllten sich so schnell als möglich in ihre Kleider und folgten ihm.

Die kalte Raquel lag auf ihrer Bettstatt, aus ihrem offenen Mund quoll weißer Schaum.

»Da helfen keine Kräuter mehr«, stellte ihre Mutter fest, »Raquel ist tot.«

Monate später ließ die Mutter beim Abendessen verlauten: »Wenn die Zeit der großen Trauer vorbei ist, wirst du Esteve heiraten. Die Hochzeit ist eingefädelt.«

Teresa hatte nichts dagegen einzuwenden. Sie wollte nur zu gerne wieder ein wenig Freude in Esteves Leben bringen. Seit dem Tod seiner Frau verzehrte er sich vor Gram und Kummer.

Caterina versuchte zu fliehen. Heftig bewegte sie sich, mit ihrer ganzen Kraft zog sie an den Ketten. Ihre Schreie hallten durch die Menge und gingen Teresa durch Mark und Bein. Aber all ihre Versuche waren vergeblich, vom Brandpfahl konnte sie sich nicht lösen. Sie stand inmitten hoch aufgestapelter alter und trockener Holzscheide, sodass sie nicht am Rauch ersticken konnte. Das Reisig um sie herum brannte schon lichterloh.

Zunächst hatte Esteve in eine Hochzeit mit Teresa eingewilligt, aber er vermittelte den Eindruck, als hätte er damit keine allzu große Eile. Daher schickte die Mutter ihre Tochter immer wieder mit Aufträgen zu Esteve. Sie dachte, sie könne die beiden einander näherbringen. So auch an diesem verhängnisvollen Tag, dem 7. März 1688. Teresa sollte Esteve selbst zubereitete Teigtaschen mit Rindfleisch bringen. Frohen Mutes war sie zu ihm geschlendert. Sie hatte beschlossen, ihn endlich auf den Termin der Eheschließung hin anzusprechen. Sie näherte sich dem Haus von hinten. Im kleinen Garten hörte sie seine Stimme. Noch eine andere Männerstimme vernahm sie.

»Nun, wo keine Mauren vor der Küste liegen« – da Esteve dieses Sprichwort benutzte, währte er sich mit einem anderen allein. »Ich sage dir Bruder: Komm mit, wir fliehen. Es ist unsere letzte Chance. Das Schiff bringt uns in ein Land, in dem uns niemand daran hindert, unsere Religion auszuüben. Dort sind wir frei. Die wunderschöne Caterina und ihre ganze Sippe kommen auch mit. Caterina, das ist ein Weib. So schön, dass es mir den Atem verschlägt. Und klug und mutig ist sie. Allein wegen ihr würde ich fliehen. Schade, dass sie schon vergeben ist, aber eine derartige Frau möchte ich ehelichen, nicht dieses hässliche Weib Teresa mit dem bösen Blick.«

Regungslos stand Teresa da, weder fähig, ihre Glieder zu bewegen, noch Luft zu holen. Sie wollte nicht glauben, was sie gehört hatte.

»Wann läuft das Schiff aus?«

»Heute noch, geh nach Hause und pack das Nötigste zusammen, dann komm zu mir, wir gehen gemeinsam.«

Die Tränen liefen über ihre Wangen, als sie nach Hause schlurfte. Wenn er nur wüsste, was sie für ihn aus Liebe getan hatte! Aber auch dafür würde er sie nur hassen.

Als Teresa am Casa Negra, dem Schwarzen Haus der Inquisition, vorbeikam, wusste sie, was sie zu tun hatte.

»Was willst du hier, Weib?«, wollte ein grauhaariger Mann wissen, dessen Glasauge sie besonders streng ansah. Sie berichtete das, was sie gehört hatte, aber entgegen ihrer Erwartung schien der Mann ihr nicht zu glauben. Sicherlich war der Grund hierfür, dass sie selbst nur eine zum Katholizismus konvertierte Jüdin war.

Mit den Worten: »willst dich wohl nur wichtigmachen, Weib«, entließ er sie.

Teresa ärgerte sich, sie war der Ansicht, dass Esteve und auch diese Caterina ihrer gerechten Strafe ins Auge blicken sollten.

Erst am nächsten Tag handelten die Männer aus dem Casa Negra. Wäre kein Unwetter aufgezogen, wodurch das Auslaufen des Schiffes verhindert wurde, wäre die Flucht geglückt. So aber wurden alle Juden, die mit dem Schiff die Insel hatten verlassen wollen, verhaftet.

Inzwischen hatten sich auch die Körper der drei entzündet, die im ewigen Feuer brennen sollten. Das Viertel einer Stunde hatte es gedauert, bis das Feuer nicht mehr nur an den Körpern züngelte, sondern diese lichterloh brennen ließ. Jetzt wehte Teresa und ihrer Familie nicht nur der beißende Rauch, ins Antlitz, sondern sie rochen auch den Gestank des brennenden Menschenfleisches.

In diesem Augenblick passierte es. Teresa sank vornüber und stöhnte vor Pein. Es war, als würde sie selbst die Qual des Feuers ertragen müssen. Teresas Leiden war derart stark, dass ihre Mutter und ihr Bruder sie nach Hause führen mussten. Dort legte sie sich auf ihr Nachtlager und stand nicht wieder auf. Zwei Monate später starb sie. Einige mutmaßten, sie sei an einem gebrochenen Herzen gestorben, andere, diese waren eine Vielzahl, argwöhnten, dass sich die Bosheit von ihrem Herzen aus in alle ihre Organe ausgebreitet und ihr zum Schluss die Luft genommen habe.

Historischer Hintergrund

Bis Ende des 14. Jahrhunderts steckte die mallorquinische Kirche große Anstrengungen in die Konvertierung der Juden, allerdings blieb der Erfolg aus. Da die Konversionen unter Zwang stattfanden, übten viele ihre traditionellen religiösen Riten weiter heimlich aus. Immer wieder kam es zu drastischen Bestrafungen.

Im Rahmen der sogenannten »Verschwörung von 1678« wurden auch Caterina Tarongi und ihre gesamte Familie gefangen genommen. Zahlreiche Familien hatten in einem Garten in Palma Jom Kippur, das Versöhnungsfest, gefeiert.

Sie wurden verraten, verhaftet und eingekerkert. Alle baten um Wiederaufnahme in die katholische Kirche, daher wurde ihr Leben verschont. Sie wurden bestraft, viele von ihnen auf Jahre eingekerkert. Ein Teil der Strafe bestand zudem in der Beschlagnahmung ihrer gesamten Habe.

Am 7. März 1688 organisierten die mallorquinischen Juden eine Massenflucht. Heimlich wollten sie in einem englischen Schiff Richtung Amsterdam ablegen. Jedoch ein Unwetter verhinderte das Auslaufen des Schiffes. Alle, die flüchten wollten, wurden verhaftet, darunter auch Caterina, ihre Eltern und ein Teil ihrer Geschwister.

Am 6. Mai 1691 fand das Autodafé, das Glaubensgericht, vor 30.000 Zuschauern statt. Caterina weigerte sich, ihrem Glauben abzuschwören. Sie wurde daraufhin gemeinsam mit ihrem Zwillingsbruder Rafel und dem Rabbi Rafel Valls auf dem Scheiterhaufen bei lebendigem Leib verbrannt.

Dies fand damals vor den Toren Palmas statt, im Bereich der heutigen Plaça Gomila im Torreno, der Ort ist bis heute als El Fogó dels jueus, das Judenfeuer, bekannt.

Wo das Casa Negra, das Schwarze Haus der Inquisition, stand, befindet sich heute die Plaça Major.

Honigkuchen und Bankenkrise

Die Liebe zu den Bienen und zum Honig habe ich von meiner Großmutter väterlicherseits geerbt. Aber nicht nur das, auch ihre Bienenvölker hat sie mir überlassen. Abends und am Wochenende kümmere ich mich um die Bienen und Samstagmorgen verkaufe ich auf dem Markt den naturbelassenen Honig. Seit einigen Wochen biete ich dort auch meinen beliebten Honigkuchen nach dem Rezept meiner Großmutter an. Der geht jedes Mal weg wie warme Semmel.

Als Kind hielt ich die Bienen für gefährlich, aber dass von meinem Honigkuchen eine Gefahr für Leib und Leben ausgehen könnte, hätte ich niemals für möglich gehalten.

Es war letzten Montag, als ich durch den schrillen markerschütternden Ton meines Weckers mitten in der Nacht – gefühlte Zeit – aus meinem viel zu kurzen Schlaf gerissen wurde. Am liebsten hätte ich dieses Folterinstrument mit Schmackes an die Wand geworfen. Natürlich tat ich es nicht, stattdessen stand ich fluchend auf und begab mich unter die Dusche. Dort wurde ich wie ein Krebs bei höchsten Temperaturen gargekocht, aus irgendeinem Grund gab es an diesem Tag nur kochend heißes Wasser. Der Kaffee lief, statt in die Thermoskanne, daneben.

Die Straßenbahn verpasste ich um eine Hundertstelsekunde, was zur Folge hatte, dass ich dem ICE Richtung Frankfurt gerade noch hinterherwinken konnte.

An solchen Tagen geht einfach alles schief, oder? Erst jetzt sah ich die Anzeige an Gleis 2, der ICE um sechs Uhr fünf hatte über eine Stunde Verspätung und die Einfahrt wurde in diesem Augenblick angekündigt. Meine Stimmung hob sich schlagartig. Der Bahnsteig war fast leer, als der Zug einfuhr.

Seit acht Jahren pendle ich von Mannheim nach Frankfurt. Wie oft habe ich in diesen Jahren das Leben in vollen Zügen genießen dürfen, zusammengekauert auf dem Boden sitzend, zu einem Komfortpreis? Im Winter mit funktionierender Klimaanlage, aber ohne Heizung. Eine Bahnfahrt ist dann besonders zu empfehlen zur Vorbereitung auf eine Polar-Expedition. Im Sommer fährt der ICE als Sauna-Express, mit einem deftigen Sauna-Aufschlag, versteht sich. Es ist völlig unvorstellbar, was man als Pendler alles erlebt! Nein, das Bahnhasser-Buch ist nicht von mir, aber ich hätte durchaus zahlreiche pikante und unglaubliche Geschichten beisteuern können.

Beim Einsteigen malte ich mir aus, dass ich zum ersten Mal ein Abteil für mich haben würde, hiervon träume ich schon seit Jahren. Und tatsächlich! Im Wagen mit der Ordnungsnummer 7 fand ich ein ganzes Abteil für mich. Für mich allein! Ich beschloss, diesen Tag als meinen persönlichen Bahnfeiertag im Kalender zu notieren. Wie schnell konnte sich doch ein düsterer Tag in einen wunderschönen verwandeln. Ich holte ein Stück Honigkuchen aus meinem Rucksack und wollte soeben hineinbeißen, als die Tür meines Abteils mit Karacho aufgeschoben wurde.

Herein kam der Ekel-Banker, mein ganz persönliches Hass-Objekt. Mit einer ungeheuren Präsenz betrat er mein Abteil. Selbstverständlich grüßte er nicht und erkundigte sich auch nicht, ob die Plätze noch frei wären, als er sich, seine beiden Aktentaschen sowie eine Jacke auf drei Sitzen und sein aufdringliches Männerparfüm im ganzen Abteil verteilte.

Und der Tag hätte so schön werden können!

Auf der Stelle packte ich meinen Honigkuchen wieder ein, mir war der Appetit vergangen.

Nachdem der Ekel-Banker einen Laptop auf seinen Schoß gehievt hatte, checkte er großspurig die Nachrichten seiner drei Handys. Dann beförderte er aus seiner nagelneuen

Gucci-Aktentasche ein Stück Honigkuchen. Nicht irgendeinen Honigkuchen, nein, dies war unverkennbar ein Stück Kuchen, welches ich gebacken hatte, denn die einzelnen Stücke meines Honigkuchens waren sechseckig und glichen somit einer Bienenwabe. Diesen Mann hatte ich noch nie an meinem Stand gesehen, vielleicht hatte seine Frau den Kuchen gekauft. In Gedanken ging ich alle meine Stammkunden durch, konnte ihn aber mit niemanden in Verbindung bringen. Der wunderbare Duft des Kuchens wehte in meine Richtung. Ich hätte dem Ekel-Banker niemals zugetraut, dass er so etwas wie Honigkuchen in seinen Körper lässt. Ich dachte, die Ernährung dieser Spezies bestünde unter der Woche aus Fast Food, gewürzt mit einer Prise Kokain oder Speed sowie nahrungsergänzenden Designer-Vitaminen, und am Wochenende aus Edel Food, hauptsächlich rohem japanischen Kugelfisch.

Während er in seinen Laptop hackte, balancierte er gleichzeitig den Kuchen über den Tasten und biss hektisch ab, er schluckte, ohne zu kauen, und biss schon wieder zu. Es hätte mich auch sehr gewundert, wenn dieser Mensch dazu fähig gewesen wäre, den Kuchen zu genießen. Blind biss er erneut von dem Kuchenstück ab, das Ding störte beim Schreiben und musste weg, und zwar schnell und dann – passierte es.
Ich musste an all die Begegnungen mit dem Ekel-Banker denken. Zum ersten Mal sah ich ihn, als sich die Menschen von drei ICEs wegen eines Bahnstreiks in einen einzigen Zug drängelten. An der Tür wartete eine riesige Menschentraube auf Einlass, und noch während sich eine Masse von Reisenden aus dem Zug wälzte, schob sich dieser Edelzwirn von hinten mit seinen Ellenbogen ganz nach vorne und brachte eine alte Dame auf der Treppe zu Fall, die gerade aussteigen wollte. Er stieg einfach über sie hinweg und rammte ihr, als sie schon am Boden lag, noch einmal seinen Laptop in die Rippen. Mit sich und der Welt zufrieden, ließ er sich auf einem Fensterplatz nieder und startete sein Computerspiel.

Ein anderes Mal verweigerte er einer Hochschwangeren mit Kleinkind ihren reservierten Sitzplatz. Die Hauptbeschäftigung dieses Menschen bestand darin, in eines seiner Handys zu brüllen, als müsste er die gesamte Distanz zum jeweiligen Telefonpartner mit seiner Stimme überbrücken. Daher wusste ich eine Menge über ihn.

Seine fünfzehn Jahre jüngere Geliebte trug seit der letzten Brust-OP Körbchengröße 75 D. Auf seinen diversen Dienst- oder besser Lustreisen verpackte er sein Gspusi in schwarzrotes Lackleder, bevor sich die beiden bei Sadomaso-Light vergnügten. Unterdessen durfte sich seine Frau zu Hause mit den drei Kindern rumschlagen. Am Telefon konnte er niemals mit seinen Kindern sprechen, weil er entweder gerade aussteigen musste, ein wichtiges Telefonat auf der anderen Leitung reinkam oder die Fahrkarten just in diesem Augenblick kontrolliert wurden – alles Lügen! Er war Anlageberater bei einer großen Investmentbank und mehrmals musste ich mit anhören, wie er sich mit Kollegen über die hirnlosen Deppen lustig machte, die seinem Rat gefolgt waren und die Aktienfonds seiner Bank gekauft hatten. Es ist wahrscheinlich völlig überflüssig zu erwähnen, dass auch meine Bank mir einige dieser faulen Aktienfonds angedreht hatte, die irgendwann keinen müden Cent mehr wert waren.

Die Augäpfel quollen ihm inzwischen fast aus den Augenhöhlen; er hatte den Versuch aufgegeben, die Kuchenkrümel aus seiner Lunge zu husten.

Aus dem Hustenanfall waren erst ein Japsen und dann ein Röcheln geworden, das an Intensität abzunehmen schien. Verzweifelt sah er mich an, zum allerersten Mal, denn bislang hatte er meine Anwesenheit noch nie registriert. Sein Blick hatte etwas Hündisches und erinnerte mich an Ronny, den Cockerspaniel meiner Mutter, dieser sah uns jedes Mal haargenau mit diesem hilflosen Blick an, wenn wir ihn die Treppe zum Tierarzt hinauf zwangen und er kläglich um sein Leben winselte.

Vielleicht hätte ich diesem Menschen lediglich einmal kräftig auf den Rücken klopfen müssen. Aber warum sollte ich das tun? Ich vergegenwärtigte mir all die bösen Kleinigkeiten, die sich dieser Ekel-Banker hatte zuschulden kommen lassen. Ich dachte an die alte Frau, die gestürzt war, an die vielen betrogenen Anleger. Mir fiel kein einziger Grund ein, warum ich ihm ein Rettungspaket schnüren sollte. Na ja, einer vielleicht: Ich würde nicht in den Himmel kommen, aber bestimmt würde es in der Hölle viel lustiger zugehen.

Auf den Tasten seines Laptops lag ein kleiner Kuchenrest. Ich nahm das Stückchen und stopfte ihm den Kuchen restlos in seine Kehle. Einen Augenblick dachte ich dabei an seine Frau und seine Kinder. Durch eines seiner lautstarken und wichtigtuerischen Handytelefonate kannte ich die Höhe seiner Lebensversicherung.

Ich war mir gewiss, weder seine Frau noch seine Kinder würden ihn vermissen, nicht bei diesem Auszahlungsbetrag.

Inzwischen hatte das Röcheln aufgehört. Ich nahm meinen Rucksack, schloss die Tür des Abteils und verließ den Zug. Die Wölkchen am Himmel glichen einer Dampflok, die zahlreiche Wagons hinter sich herzog. Zwischen den Wagen mit den Ordnungsnummern 3 und 4 bahnten sich einzelne Sonnenstrahlen ihren Weg in den Tag. Die Temperaturen waren angenehm mild für Anfang Oktober. Fast ein Hauch Sommer!

Während ich zu meiner Arbeitsstelle schlenderte, freute ich mich auf den abendlichen Besuch bei meinen Bienen.

Sündiger Honigkuchen

Zutaten
400 g Honig
500 g Mehl
200 g Butter
200 g brauner Zucker
100 g klein gehackte getrocknete Datteln
100 g klein gehackter kandierter Ingwer
100 g gemahlene Mandeln
50 g Kakao
5 mittelgroße Eier
abgeriebene Schale einer Bio-Zitrone
1 Päckchen Backpulver
1 Prise Salz
je 1 Prise Ingwer, Zimt, Nelken, Kardamom, Muskat, Anis
und Vanille

Zubereitung
In einem großen Topf Butter und Zucker erhitzen. Sobald der Zucker
aufgelöst ist, die Masse abkühlen lassen und den Honig hinzugeben.
Dann die Gewürze, den Kakao und die Eier unterrühren. Mehl und
Backpulver mischen und untersieben.
Zum Schluss Datteln, kandierter Ingwer und Mandeln zufügen und den
Teig in zwei Kastenformen füllen. Bei 180 Grad etwa eine Stunde ba-
cken.

Das Böse darf nicht siegen

»Was sollen wir denn hier ermitteln? Der Mann hat sich erschossen. Basta!«, stellte Britta ärgerlich fest, als sie sich die Einweghandschuhe überstreifte.

Auf dem Boden neben dem Toten hatte sich eine Blutlache ausgebreitet und daneben lag eine Pistole mit Schalldämpfer.

»Auf den ersten Blick deutet alles darauf hin, aber, Frau Dressler, gerade bei der Tatortbefundaufnahme darf man nicht vorschnell zu einem Urteil kommen.«

Die Kommissarin war genervt von diesem jungen Besserwisser. Seit sechs Wochen hatte sie Ziegler am Hals. Warum musste ihr langjähriger Kollege Enzo auch gerade jetzt sein Burnout nehmen? Wenigstens das halbe Jahr bis zu seiner Pensionierung hätte er warten können, ihr zuliebe.

Der metallische Geruch des Blutes stieg Britta in die Nase, sie würgte kurz. Ihr fehlte eindeutig der morgendliche Bürokaffee. Auf dem Weg ins Präsidium in die Hagenstraße hatte sie der Anruf des Kriminaldauerdienstes erreicht, der sie über den Fund einer Leiche in einem Hotel in der Wormser Innenstadt unterrichtete.

Ziegler machte sich an der Leiche zu schaffen, die zusammengesunken in dem Sessel neben dem kleinen runden Tisch lag. »Das ist doch dieser Spitzenkoch, dieser Österreicher. Über ihn war vorgestern ein Artikel in der Wormser Zeitung. Mir liegt der Name auf der Zunge, Chefin.« Jetzt richtete er sich auf und sah die Kommissarin mit gerunzelter Stirn an. »Ich glaube, irgendetwas mit T. Jetzt weiß ich es: Thaler!«

Britta Dressler hatte schon längst seine Papiere in der Hand und ergänzte: »Gisbert Thaler.«

»Der nimmt an dieser Kocholympiade teil, die gerade in unserem schönen Worms stattfindet.«

Die Kommissarin schüttelte den Kopf. »Ich schätze, jetzt nicht mehr.«

»Er war Teil der österreichischen Nationalmannschaft«, wusste ihr junger Kollege zu berichten.

Da konnte ihr Ziegler nichts Neues mitteilen, auch sie hatte den Artikel in der Tageszeitung gelesen. Im Gegensatz zu ihrem Kollegen hatte sie auf Anhieb gewusst, wer da tot vor ihnen im Sessel lag. Die Chancen des österreichischen Teams, die Olympiade der Köche zu gewinnen, hatten sich über Nacht rapide verschlechtert, dachte Britta.

Ziegler betätigte die Maus neben dem Notebook, das aufgeklappt auf dem kleinen Tischchen neben dem Sessel stand, und der schwarze Bildschirm erhellte sich. Er zeigte einen Brief. Dies war unverkennbar ein Abschiedsbrief. Beide bückten sich und lasen. Thaler entschuldigte sich darin bei allen Freunden und Bekannten, er könne nicht mehr so weiterleben. Sein ganzes Leben sei eine einzige Lüge. Mehrere Rezepte, mit denen er berühmt geworden sei, hätte er von anderen Köchen gestohlen. Sein Schoko-Paradiestraum aus drei Schokoladensorten zum Beispiel, mit dem er bei der Kocholympiade punkten wollte, stamme aus der Feder seines früheren Kollegen, des bayerischen Kochs Ferdinand Moser.

Ziegler machte sich noch einmal an der Leiche zu schaffen.

»Das sollten Sie der Spusi überlassen, die weiß immerhin, was sie tut, in den meisten Fällen zumindest. Wenn man vom Teufel spricht ...«

In diesem Augenblick trafen die Kollegen der Spurensicherung ein.

»Ziegler, bleiben Sie hier und warten Sie, bis alle Spuren am Notebook gesichert sind und bringen Sie das Teil dann mit ins Präsidium.«

Nelly war meine kleine Schwester. Immer habe ich versucht, sie zu beschützen, aber gegen diese Bestie hatte ich keine Chance. Schon nach der ersten Begegnung mit ihm, teilte ich ihr unumwunden mit, dass er nicht

gut für sie sei. Aber Nelly wollte mir nicht glauben. Ein halbes Jahr
später heiratete sie ihn. Es dauerte nur wenige Monate und sie stand
zum ersten Mal vor meiner Tür. Mit Sonnenbrille an einem wolkenbe-
hangenen Tag. Ihr rechtes Auge leuchtete in den zahlreichen Facetten
einer Frühlingswiese. Er hatte sie geschlagen und nicht zum ersten Mal.
Aber entgegen meinen Einwänden ging sie zu ihm zurück. Immer und
immer wieder. Und dann vor zwei Jahren erwischte sie ihn mit einer
anderen. Jetzt war sie bereit zu handeln. Endlich! Lange saßen wir am
Abend zuvor zusammen. Sie war zu einer Trennung bereit. Ich hatte ihr
angeboten, dass sie bei mir wohnen könne, bis alles geregelt sei. Mir
schien, ich hatte mehr Angst vor diesem Unmenschen als Nelly. Sie war
sich sicher, dass er ihr nichts tun würde. Ich wusste nicht, woher sie diese
Sicherheit nahm. Er hatte sie doch immer und immer wieder geschlagen,
völlig grundlos. Jetzt jedoch gab es einen Grund. Ich hatte angeregt, am
nächsten Abend mit ihr zusammen ein klärendes Gespräch mit ihm zu
führen. Nelly wollte zurück nach Salzburg. Sobald er im Restaurant
wäre, wollte sie einige Koffer packen und zu mir nach Worms schaffen.
An diesem Tag vor zwei Jahren verabschiedeten wir uns nur flüchtig. Ich
sah Nelly nie wieder. Thaler hatte sie umgebracht. Einfach so. Ohne,
dass man ihm etwas beweisen konnte. Es gab niemals wieder ein Le-
benszeichen von Nelly. Höchstwahrscheinlich ist er in der Wohnung auf-
getaucht, als sie ihre Koffer packte. Und dann muss er sie ermordet ha-
ben. Vielleicht hat er sie irgendwo im Wald vergraben. Nelly hat ihm
alles gegeben, ihre ganze Liebe, ihre außergewöhnlichen Rezepte und zum
Schluss auch noch ihr Leben.

Bevor Britta ins Präsidium in die Hagenstraße fuhr, besorgte
sie sich in ihrem Lieblingscafé in der Fußgängerzone einen
großen Latte macchiato.

Ihr Smartphone klingelte, aber sie drückte auf den falschen
Knopf und es war still. Sie hasste diese modernen Telefone.
Jedes Mal, wenn sie sich mühsam an die Bedienung gewöhnt
hatte, wurde ihr Smartphone durch ein neues ersetzt. Sie war
zu alt für diesen Job. Vielleicht sollte sie mit Enzo in Pension
gehen.

Die Kommissarin telefonierte mit ihren österreichischen Kollegen aus Salzburg, damit diese die nahen Angehörigen des Toten informieren und der Vollständigkeit halber befragen konnten.

Ich saß auf einer Bank im Heylshof-Park. Dies war mein Ort der Harmonie. Zufrieden blickte ich auf den imposanten Kaiserdom.

Seit einigen Jahren hatte ich immer öfter das Gefühl, dass das Böse überhandnahm. Es war, als würden wir gegen Windmühlen kämpfen. So viele Verbrecher, denen wir nichts nachweisen konnten.

Bei der Festnahme gaben manche ihre Untaten zu und lachten uns ins Gesicht, sie wussten, sie hatten nichts zu befürchten, denn uns fehlten die Beweise. Früher war ich immer von dem kindlichen Gedanken ausgegangen, dass alles im Leben gerächt würde. Aber inzwischen weiß ich es besser: Nichts wird gerächt. Es existiert keine ausgleichende Gerechtigkeit. Das Leben ist ungerecht. Gerechtigkeit ist nur eine Utopie. Aber trotz allem bin ich entschieden der Ansicht: Das Böse darf nicht siegen.

Angefangen hat es vor einem Jahr, als ich diesem Drogendealer das Kokain aus einem anderen Fall unterschob. Der machte vielleicht Augen, als ein Kollege das Päckchen aus seinem Schreibtisch beförderte. Er war der Erste und weitere folgten. Es fühlte sich gut an, der Gerechtigkeit zum Erfolg zu verhelfen. Das Leben hatte wieder einen Sinn.

»Was, wenn dieser Moser den Thaler erschossen hat? Schließlich wollte er diese Kocholympiade mit seinem Rezept gewinnen.«

»Ziegler, das ist doch Blödsinn. Nichts deutet auf einen Mord hin. Thaler hat sich selbst umgebracht, vorher hat er noch einen Abschiedsbrief geschrieben.« Britta trank den letzten Schluck ihres kalt gewordenen Kaffees.

»Aber den Abschiedsbrief im Computer, den hätte doch jeder schreiben können«, beharrte ihr Kollege.

»Ja, aber nicht jeder wusste, dass seine Rezepte gestohlen waren.«

»Und was, wenn diesem Moser zu Ohren gekommen ist, dass Thaler den Wettbewerb mit seiner Schokoladencreme gewinnen wollte? Wir sollten dringend sein Alibi überprüfen. Ich habe das schon mal gecheckt, der arbeitet jetzt in einem Hotel in München.«

»Dann setzten Sie sich mit den Kollegen vor Ort in Verbindung. Die sollen das überprüfen. Und lassen Sie sich vorher vom Gerichtsmediziner den genauen Todeszeitpunkt sagen.«

Plötzlich stand Enzo vor ihr. Nachdem er Ziegler begrüßt hatte, fragte er: »Ihr habt eine Leiche?«

»Was machst du denn hier? Bist du nicht krankgeschrieben?«, wollte Britta von ihrem Kollegen wissen.

»Doch, bin ich. Aber ich wollte einfach mal nach dir sehen. Dein Zynismus fehlt mir. War der Tote tatsächlich Thaler?«

Die Kommissarin bestätigte: »Ja, es war Thaler. Selbstmord.«

Ihr ehemaliger Kollege setzte sich Britta gegenüber an ihren Schreibtisch und sah sie lange an. »Thaler war kein guter Mensch.«

»Nein Enzo, das war er sicherlich nicht.«

Das Telefon läutete und Ziegler ging ran.

»Ich geh dann mal wieder. Alles Gute für dich.«

»Ein schönes Leben noch, Enzo«, rief ihm Britta hinterher. Fünfzehn Jahre waren sie beide ein Team gewesen. Sie nahm es ihrem Kollegen übel, dass er sie zum Schluss von heute auf morgen im Stich gelassen hatte. Burnout, so eine Modekrankheit. Wenn er wenigstens einen Herzinfarkt oder einen Schlaganfall gehabt hätte, das hätte sie gelten lassen können. Aber Burnout, ein halbes Jahr vor seiner Pensionierung, nachdem er sein ganzes Leben Polizist gewesen war.

Als ich diesen Artikel in der Wormser Zeitung las, da kam alles wieder hoch. Thaler ein Spitzenkoch, dass ich nicht lache! Ein Beikoch, ein mieser Beikoch war er, bis er meine Schwester kennenlernte. Sie brachte ihm alle Kniffe und Tricks bei, die einen guten Koch ausmachen. Und nachdem er Nelly umgebracht hatte, ließ er sich mit ihren Rezepten zum Spitzenkoch hochloben.

Niemand hätte ihn jemals wegen dieses Mordes zur Rechenschaft gezogen. Ich war fest davon überzeugt gewesen, dass ich mich danach schlecht fühlen würde, aber stattdessen machte sich eine Art von Befreiung in mir breit.

Weder bei der Leiche noch in der Suite konnten irgendwelche Anzeichen für Fremdverschulden festgestellt werden. Trotzdem behauptete Ziegler: »Der Moser hat kein Alibi. Ich wette, der hat dem Thaler das Licht ausgeblasen.«

»Jetzt machen Sie aber mal halblang, Ziegler. Sie spielen hier nicht in einem zweitklassigen Fernsehkrimi mit. Wir sind die Polizei. Und zwar die echte. Wir brauchen Beweise. Es liegt kein einziger Anhaltspunkt für ein Fremdverschulden vor. Außerdem, an Thalers Hand waren Schmauchspuren.«

Der junge Kommissar schenkte seiner Chefin frischen Kaffee ein; der Duft der stark gerösteten Bohnen stieg Britta in die Nase und rief eine Erinnerung in ihr wach.

Gerne hätte sie den abschließenden Bericht verfasst, aber der Chef von K1 bestand aufgrund der Brisanz des Falles auf einer nochmaligen Überprüfung aller Fakten.

Alles war so einfach gewesen. Fast zu einfach. Ich wusste, dass er in einem der teuersten Hotels abgestiegen war, etwas Anderes wäre für ihn niemals infrage gekommen. Ich erkundigte mich telefonisch nach seiner Suite. Am Abend klopfte ich an seine Tür. Zunächst war er überrascht, mich zu sehen. Ich sagte ihm, wir sollten das Kriegsbeil begraben. Er bot mir ein Glas Sekt aus der Minibar an. Als er sich auf der Toilette kurz frischmachte, tröpfelte ich die K.O.-Tropfen in sein Glas. Kurze Zeit später verdrehte er die Augen und wollte wissen, ob ich ihm was ins Glas gegeben hätte. Ich verneinte und er kippte nach hinten in den Sessel. Jetzt zog ich mir Handschuhe über, holte die Pistole mit dem Schalldämpfer, die ich vor zwei Jahren einem Kriminellen abgenommen hatte, aus meiner Jackentasche. Ich legte ihm die Waffe in die rechte Hand und drückte

ab. Die K.O.-Tropfen würde man bis morgen nicht mehr feststellen kön-
nen. Ich setzte mich an sein Notebook. Oh Schreck, es war ausgeschaltet.
Aber Thaler war ein einfach gestrickter Charakter; es brauchte exakt
zwei Versuche. Das Passwort war der Name seines Hundes. Zum
Glück immer noch derselbe Hund.

Am nächsten Morgen schrieb Britta das Protokoll über das
Ableben des Spitzenkochs Thaler. Sie erläuterte gerade, warum Fremdverschulden definitiv ausgeschlossen werden
konnte, als es zaghaft an der Tür ihres Büros anklopfte.

»NEIN«, schrie Britta. Ihr wurde übel. Das konnte nicht
sein. Das war unmöglich. Bestand die Möglichkeit, dass jetzt
auch sie ein Burnout bekam, dass sie Dinge sah oder besser
Menschen, die nicht da waren, die nicht da sein konnten.

Sie stand direkt vor ihrem Schreibtisch. Schweigend. Es war
wie in einem ihrer Träume, die seit zwei Jahren wie in einer
Endlosschleife immer wiederkehrten. Britta war sich sicher,
wenn sie ihren Arm ausstrecken würde, um Nelly zu berüh-
ren, dann wäre diese für immer verschwunden.

»Es tut mir so leid, Britta.«

Die Kommissarin wischte sich über die Augen, aber die
Fata Morgana verschwand nicht.

»Ich hoffe, du verzeihst mir, dass ich mich die letzten zwei
Jahre nicht ein einziges Mal bei dir gemeldet habe. Es war ein
Fehler.«

Britta wurde weder verrückt, noch träumte sie oder hatte
Halluzinationen. Vor ihr stand ihre Schwester Nelly, sehr lebendig. Inzwischen fühlte sie eine unbändige Wut auf ihre
Schwester. »Wie konntest du mir das antun?«, schrie sie. »Was
habe ich dir getan, dass du mich so behandeln musstest?«

»Ich wollte damals nur noch weg. Ich heuerte auf einem
Schiff als Köchin an. Und ich habe die ganze Zeit einfach
durchgearbeitet. Jetzt bin ich ein anderer Mensch. Ich werde
die Scheidung einreichen und ein neues Leben beginnen.«

»Die Scheidung kannst du dir sparen, Nelly. Dein Mann ist tot.«

»Tot? Wieso ist er tot?«

Britta reichte ihr das Protokoll. Sollte ihre Schwester doch selbst lesen.

»Sehen wir uns heute Abend? Dann können wir über alles reden«, ihre Schwester sah sie flehend an.

Britta wollte jetzt keine großen Erklärungen abgeben, daher sagte sie: »Ja, bis heute Abend.«

Ein letztes Mal lief ich zum Heylshof-Platz. Abschied nehmen. Auf einer Bank sitzend genoss ich den Blick auf den Dom.

Mein Blick fiel auf die japanische Lavendelheide. Wie bizarr der Strauch wirkte, wenn die jungen Triebe rötlich leuchteten, als würden sich Flammen an ihnen schlängeln. So dekorativ und farbenfroh war dieser Strauch und doch waren alle Pflanzenteile giftig.

Ich musste an Enzo denken, der genau wie ich vor langer Zeit aus Frankfurt nach Worms gekommen war. Enzo. Er wusste, dass ich Thaler umgebracht hatte. Ich erkannte es daran, wie er mich im Präsidium angesehen hatte. Dies war der Augenblick, in dem ich realisierte, dass mein Kollege niemals ein Burnout hatte. Vielmehr hatte er mitbekommen, was ich im letzten Jahr getan hatte. Wahrscheinlich wollte er mich nicht anzeigen, aber er wollte auch nichts mit meinen illegalen Aktionen zu tun haben. Mehrere Kriminelle hatte ich mit gefälschten Beweisen ins Gefängnis gebracht. Und jetzt hatte ich den perfekten Mord begangen. Nur leider hatte ich einen Menschen grundlos umgebracht, völlig grundlos. Dieses heftige Gefühl von Schuld breitete sich in meinem Körper aus wie eine schwere Sepsis.

Zusammengesunken saß sie da und fühlte sich, als wäre sie im Zeitraffer gealtert. Nicht der Gerechtigkeit hatte sie zu ihrem Recht verholfen, sondern dem Bösen. Sie selbst war zu einem Werkzeug des Bösen geworden.

Ziegler betrat den Raum. Er strahlte, als hätte er soeben als allerbester seiner Altersgruppe bei den Bundesjugendspielen abgeschlossen, seine Wangen glühten.

»Chefin, Chefin, ich glaube, es war Mord. Die Handyortung hat ergeben, dass der Moser zur Tatzeit in Worms war. Ich habe doch gleich gewusst, dass dieser Koch den Thaler um die Ecke gebracht hat.«

Es tat ihr fast weh, wie sehr ihr Kollege sie bewunderte. Der junge Kommissar sah Britta mit einer Zufriedenheit an, die nur die Aussicht auf den ersten selbst gelösten Fall entfesseln konnte.

»Mensch Ziegler«, ihre Stimme war sehr viel lauter geworden, als sie wollte, »jetzt holen Sie endlich dieses verdammte Aufnahmegerät, damit ich ein Geständnis ablegen kann.«

Die Fratze des Teufels
(Adelheid Langmann)

Seit Tagen verweigerte Adelheid die Nahrung, seit gestern verzichtete sie auch auf das Trinken. Ihr Mund war trocken, neben ihrer Bettstatt im Kloster stand ein Glas Wasser. Das machte es noch schlimmer, aber genauso wollte sie es: Das Wasser sehen und darauf verzichten.

Während sie mit nacktem Oberkörper durch ihre Kammer lief, geißelte sie sich immer wieder kräftig. Sie tat das mit einem Stab, von dem drei Riemen abgingen, an denen mehrere große Knoten befestigt waren. In den Knoten steckten jeweils über Kreuz zwei Nägel. Während sie sich Schmerzen zufügte, betete sie litaneiartig das *Vater unser*.

Die Geißelungen waren ihr zu Beginn nicht leichtgefallen. Auch jetzt fühlte Adelheid starke Widerstände dagegen. Und doch war sie von deren Notwendigkeit überzeugt. Zum einen, um diese große Schuld abzutragen, die sie auf sich geladen hatte, und zum anderen, um Jesus Christus nah zu sein. Es war, als würde sie seine Wundmale an ihrem Körper tragen und seine Schmerzen erleiden. Dies erfüllte sie mit großem Stolz, so groß, wie sie ihn noch niemals zuvor gefühlt hatte.

»Adelheid!«

Sie erschrak. Das war die Stimme von Katharina. Adelheid öffnete die Augen. Auf ihrem Bett saß ihre Tante. Aber, – das war unmöglich. Träumte sie? Nein, das war kein Traum. War sie dabei, ihren Verstand zu verlieren?

»Adelheid, warum trägst du die Schuld der anderen? Du hast nichts getan.«

»Doch, das habe ich. Ich habe Sünde auf mich geladen, große Sünde. Hierfür muss ich büßen.«

Ihre Tante begann zu lachen. Und umso länger es andauerte, umso hämischer wurde es. Adelheid wollte das nicht hören. Sie hielt sich ihre Ohren zu und schloss die Augen. Als sie sie wieder öffnete, sah sie, wie sich das Gesicht ihrer Tante veränderte. Es wurde immer mehr zur Fratze des Teufels. Er feixte laut und gemein. Der Gestank von Schwefel stieg ihr in die Nase. Adelheid fiel auf die Knie. Sie geißelte sich heftiger und betete. Die Fratze sollte endlich verschwinden.

Stattdessen sagte der Satan: »Schuldig bist du, Weib. In meiner Hölle wirst du schmoren.« Und wieder erklang dieses böse Lachen, welches Adelheid Schmerzen bereitete, mehr, als sie sich jemals mit den Geißelungen zufügen konnte. Sie wusste, dass der Teufel die Wahrheit sprach, die einzige Wahrheit, die es gab. Sie hatte diese Schuld auf sich geladen und damit musste sie leben.

Adelheid saß in der Küche an einer Näharbeit, als ihre Mutter verkündete: »Du sollst dich in die gute Stube begeben, dein Vater will die Ansprache an dich richten.«

Vor Schreck stach sich Adelheid mit der Nadel fest in einen Finger. Ein Tropfen Blut besudelte den Stoff.

»Adelheid!«, tadelte die Mutter.

Sie stand auf und strich sich ihren Rock glatt. Es waren seltene Anlässe, an denen der Vater sie um ein Gespräch gebeten hatte. Bisher war es immer darum gegangen, dass sie ihre Selbstkasteiung mäßigen solle. Aber diesmal würde der Anlass ein anderer sein.

»Setz dich, Tochter.«

Wie geheißen setzte sie sich auf den ihr zugewiesenen Stuhl dem Vater gegenüber, dieser bedachte sie ausgiebig mit einem strengen Blick.

»Du weißt, warum ich dich rufen ließ?«

Adelheid schüttelte den Kopf. Sie wusste es, aber das würde sie nicht zu erkennen geben.

»Mit deinen dreizehn Jahren, meine Tochter, bist du in einem Alter, in dem du das Haus verlassen kannst. Wir haben einen Mann für dich ausgesucht. Du kennst ihn. Es ist Gottfried Teufel. Wir haben ihn und seine Eltern am nächsten Sonntag nach dem Kirchgang eingeladen, um die Verlobung zu beratschlagen.«

Sie biss sich auf ihre Unterlippe, bis sie das Blut schmeckte. Adelheid wollte noch lange nicht heiraten.

»Aber Vater, bitte, Ihr könnt doch nicht ...«

»Es reicht! Ich will keine Widerrede hören. Es ist beschlossene Sache. Geh in die Küche!«

Eine Träne rollte ihr über die Wange. »Vater ...«

Er schüttelte nur den Kopf und wies mit seiner Hand zur Tür.

Sie wusste, alles weitere Bitten und Flehen wäre zwecklos. Die Entscheidung über ihre Zukunft war gefällt. Sie würde sich in ihr Schicksal fügen müssen.

Sie mochte Gottfried nicht. Einige Male hatten sich die beiden Familien getroffen, dabei war sie ihm aus dem Weg gegangen. Sie wusste nicht warum, aber irgendetwas an ihm flößte ihr Angst ein. So, wie es die Anwesenheit des Vaters schon immer getan hatte. Sicher, ihr zukünftiger Gemahl war von einem vornehmen Nürnberger Ratsherrngeschlecht und sie müsste ihren Eltern dafür dankbar sein, dass sie diese Hochzeit eingefädelt hatten. Aber sie war nicht dankbar dafür, sie war traurig, sie war wütend. Und sie wusste, sie würde die nächsten Tage das Essen verweigern, da konnte sie der Vater noch so sehr schlagen.

Später versuchte sie, mit ihrer Mutter zu sprechen. Aber auch sie zeigte ihr nur die kalte Schulter und sagte: »Sei dankbar und froh über diese Vermählung. Es wird dir an nichts fehlen. Die Sache ist entschieden.«

Am Sonntag nach der Kirche wurde nicht nur die Verlobung besprochen, sondern auch die Hochzeit, die sich alsbald anschließen sollte. Die beiden würden zunächst zu den Schwiegereltern in den Anbau ihres Patrizierhauses ziehen.

Immer wieder wagten sie verstohlene Blicke zueinander. Zu ihrer eigenen Überraschung bekam Adelheid immer mehr Gefallen daran, dass sie durch diese Heirat ihrem Elternhaus entfliehen konnte. Und Gottfried machte einen freundlichen Eindruck. Er war zuvorkommend und überaus höflich. Sie verstand es selber nicht, dass sie ihn so unangenehm in Erinnerung hatte. Zum ersten Mal dachte Adelheid: Vielleicht werde ich glücklich mit diesem Mann. Sie stellte sich vor, wie sie mit Gottfried und ihren gemeinsamen Kindern zusammenlebte. Vor der Schwiegermutter allerdings fürchtete sie sich, sie war sich sicher, dass diese die Vermählung nicht guthieß.

Später unternahm sie mit Gottfried einen Spaziergang. Sie liefen die Pegnitz entlang und beobachteten eine Entenfamilie. Gottfried richtete nicht ein einziges Mal das Wort an sie und auch sie traute sich nicht, ihn anzusprechen. Er war so schüchtern, das gefiel ihr. Mit diesem sanften, schüchternen Mann würde sie leben können, dachte sie. Und ihr Herz fühlte sich plötzlich frei an.

Die Verlobung wurde im kleinen Kreis gefeiert. Die Hochzeit hingegen war ein großes Fest, bei dem sich alle Gäste satt-essen konnten. Adelheid war die Einzige, die nichts aß. Sie dachte an die Hochzeitsnacht, davor verspürte sie Angst. Gleichzeitig brodelte in ihr eine unbekannte Lust, auch diese machte sie bange.

Adelheid hatte schreckliche Schmerzen und weinte. Gottfried hatte sie brutal genommen in ihrer ersten gemeinsamen Nacht. Als sie nicht aufhörte zu weinen, schlug er sie. Aber nicht so, wie es der Vater tat, es war schlimmer, viel schlimmer. Immer stärker kam er dabei in Rage und beschimpfte sie. Adelheid war sich sicher, dass sie etwas falsch gemacht hatte, was, wusste sie nicht. Sie gab sich selbst die Schuld an den Schlägen.

»Es tut mir leid«, sagte Gottfried später am Tag.

Bei nächster Gelegenheit allerdings schlug er wieder zu.

Adelheid kochte seine Lieblingsspeisen, sie war ihm jederzeit zu Willen, aber was sie auch tat, sie konnte es ihm niemals recht machen.

Mit jeder Geste, mit jedem Blick drückte Gottfried aus, dass sie nicht gut genug für ihn sei. Wenn seine und ihre Eltern anwesend waren, verhielt er sich anders, dann war er freundlich und aufmerksam. Für die anderen schien es, als würde er seine Gemahlin auf Händen tragen.

Die Schwiegermutter war ihr keine Hilfe, sie missbilligte alles, was sie tat.

Als Adelheid mit ihrer Mutter sprach, tadelte diese ihre Tochter: »Gib dir mehr Mühe. Er ist dein Mann. Du musst ihn zufriedenstellen, dann wird er nicht mehr die Hand gegen dich erheben. Schau doch nur, wie er dich behandelt: wie eine Königin.«

Es war an einem Morgen zur Weihnachtszeit, Adelheid lag in ihrem Bett. Plötzlich sah sie Maria mit dem süßen Jesuskind vor sich, lächelnd reichte sie ihr den Säugling. Adelheid hielt ihn an ihre Brust und stillte ihn. Was für ein schönes Gefühl das war, das Saugen des Kindes an ihren Brüsten. Ein ungeheures Glücksgefühl durchströmte ihren Körper. Aber da war auch dieser Schmerz, sie dachte an ihr eigenes Kind, das sie verloren hatte. Als der göttliche Junge gestillt war, läutete es zur Morgenmesse, sie gab das Kind Maria zurück.

Seit vielen Monaten lebte Adelheid inzwischen im Kloster Engelthal, sie hatte sich eingelebt. Trotzdem nahm ihre Selbstkasteiung immer schlimmere Ausmaße an, so sehr, dass auch die Priorin versuchte, sie zur Mäßigung anzuhalten. Ihr

Körpergewicht hatte sich stark reduziert und auch von Krankheiten wurde sie immer häufiger heimgesucht.

Was alle nicht verstanden, je stärker sie sich kasteite, je intensiver wurden ihre Visionen. Obwohl sie ihr oft eine maßlose Furcht einflößten, waren die Erscheinungen doch ein ganz besonderes Geschenk.

Einige Wochen nach ihrer Hochzeit konnte sie nicht mehr laufen, nachdem Gottfried sie geschlagen hatte. Es war, als spürte sie jeden einzelnen Knochen ihres Körpers. Daher bat sie ihren Gatten, nach ihrer Tante Katharina zu schicken. Die Schwester ihrer Mutter kannte sich mit Kräutern aus, fast jedes Zipperlein konnte sie heilen.

Katherina erschrak, als sie ihre Nichte sah. »Dieser Mann ist ein Tier. Was tut er dir an?«

Behutsam verarztete Katharina ihre Nichte. Am nächsten Tag kam sie wieder, sie bestrich die Wunden mit einer heilenden und kühlenden Salbe. Und Adelheid bekam einen Tee, der sie alles Schwere vergessen ließ.

»Weißt du, dass du in guter Hoffnung bist?«

Adelheid schöpfte wieder Mut. Vielleicht würde sich durch ein Kind alles zwischen ihr und ihrem Gemahl ändern.

Zwei Monate später schlug Gottfried sie so stark, dass sie bewusstlos in einer Blutlache auf der Erde lag. Immerhin schickte er nach Katherina. Ihr gelang es, Adelheids Leben zu retten. Ihr Kind allerdings hatte sie verloren.

»Soll ich machen, dass es aufhört?«, wollte die Tante wissen.

Adelheid nickte.

Zwei Wochen später war Gottfried Teufel tot.

Er hatte einen Ausschlag und Katharina hatte von ihm wissen wollen, ob sie ihm eine Salbe und einen Tee dagegen zubereiten solle. Damit war er einverstanden. Nach sieben Tagen lag er krank im Bett und nach einer weiteren Woche war er tot.

Allein Adelheid wusste, was Katharina getan hatte.

Sie hätte niemals zustimmen dürfen. So hat sie selbst ihren Mann in den Tod geschickt. Die Salbe und den Tee von der Tante gemischt und nach der Einnahme ging es Gottfried immer schlechter, bis er verstarb. Wie sollte Adelheid mit dieser schweren Schuld weiterleben?

Sie flüchtete sich zunächst in ihre Selbstkasteiung. Tagelang verweigerte sie das Essen, sie betete Tag und Nacht.

Nach dem Tod von Gottfried – es waren sechs Wochen vergangen – sagte die Schwiegermutter: »Pack dein Bündel und geh.«

Adelheid ging schweren Herzens zurück in ihr Elternhaus.

Ihr Vater suchte im Abstand von mehreren Monaten immer wieder einen Mann für seine Tochter aus. Aber jedes Mal konnte Adelheid ihren Vater davon überzeugen, dass sie noch etwas Zeit brauche.

Diesmal jedoch sagte er: »Diesen Mann wirst du ehelichen oder du verlässt das Haus für immer.«

»Eher werde ich mich an einem Seil aufknüpfen.«

Der Vater hob die Hand, ließ sie dann wieder sinken und sagte: »Versündige dich nicht!«

Schon so oft hatte sie mit dem Gedanken gespielt, ins Kloster zu gehen. Es war an der Zeit, eine Entscheidung zu fällen.

Als Adelheid den Eltern ihren Entschluss verkündete, waren diese rasend vor Wut. Sie schickten nach Katharina. Auch ihrer Tante gelang es nicht, sie von ihrem Wunsch abzubringen.

»Verschwinde! Hau ab!« Adelheid schrie, so laut sie konnte.

Auf ihrem Bett saß der Teufel, zu Beginn war er ihr einige Minuten in der Gestalt ihres Mannes erschienen. Er sah so furchterregend aus, mit dieser hässlichen Fratze. Ihr war übel von dem Schwefelgeruch. Seit einer Stunde beschimpfte er sie. Ihre Kraft ließ immer mehr nach, sie konnte sich nicht mehr gegen ihn wehren.

Schon des Öfteren hatte er sie zum Narren gehalten. Diesmal allerdings war es anders. Es hatte etwas Endgültiges. War das der Tod? Ja, sie würde sterben.

Jetzt würde die Stunde der Abrechnung kommen. Sie musste für ihre Sünden büßen.

Der Teufel holte sie. Auf ihrem Körper fühlte sie seine riesigen behaarten Hände, ihr Herz raste in Todesangst. Sie versuchte, sich mit letzter Kraft aus seinen Armen zu winden.

Und dann plötzlich war diese Furcht verschwunden. Adelheid schloss die Augen. Sie war bereit.

Adelheid Langmann (1306 bis 1375)

Tochter des Nürnberger Ratsherren Otto Langmann und seiner Frau Mechthild. Sie verstarb im Kloster Engelthal bei Nürnberg.

Adelheid war dreizehn Jahre, als die Verlobung zwischen ihr und Gottfried Teufel stattfand. Er entstammte aus einem vornehmen Nürnberger Ratsherrengeschlecht. Die Hochzeit schloss sich zeitnah an. Schon kurze Zeit nach der Heirat verstarb Gottfried Teufel. Noch vor dem Jahr 1330 trat Adelheid gegen die Widerstände ihrer Familie in das Dominikanerkloster Engelthal ein.

Ihre starke Religiosität äußerte sich durch harte asketische Übungen, dies schloss regelmäßige Selbstgeißelungen ein. Ihre Körper- und Seelenzustände wurden in den Offenbarungen überliefert. In dieser Niederschrift notierte sie das mystische Gedankengut, ihre sogenannten Gnadenerfahrungen zum Beispiel die Erscheinungen, die ihr zuteilwurden. In den Offenbarungen beschreibt sie, dass Jesus kurze Zeit nach ihrem Eintritt ins Kloster von ihr verlangt habe, sich zu geißeln. Auch die Begegnungen mit dem Teufel werden geschildert, wie er sie bedrängte und durch Geräusche erschreckte oder in Gestalt ihrer Tante auf ihrem Bett saß. Auch Jesus erschien ihr in verschiedenen Altersstufen.

Eine Vergangenheit, die nie vergeht

Schuld hatte Hannah gefühlt, all die Jahre, auch wenn sie wusste, dass sie nichts dafür konnte. Aber wie alle Kinder war auch sie überzeugt davon, die Ereignisse mitverschuldet zu haben. Grundlos lastete diese Bürde ein Leben lang auf ihrer Seele, schwer wie ein riesiger Felsbrocken.

Jetzt jedoch hatte sie tatsächlich Schuld auf sich geladen. Große Schuld. Aber – es fühlte sich nicht so an.

Seine Augen. Unablässig sah sie diese Augen vor sich. Und manchmal verschwamm das Bild von seinen aufgerissenen, regungslosen Augen mit der Erinnerung an den stieren Blick der Mutter und an ihr Lächeln, dieses zufriedene Lächeln.

Wie ein Film spulten sich die Geschehnisse der letzten Tage seit dem Weihnachtsfest in Hannahs Kopf ab. Immer und immer wieder.

Hier, in ihrer kleinen Wohnung in Flomersheim, mit Blick auf die schneebedeckten Gemüsefelder, kam ihr das, was sie getan hatte, so unwirklich vor wie ein vergangener Traum, von dem beim Aufwachen nur noch einzelne bizarre Bilder und vage Gefühlsfetzen im Gedächtnis zurückbleiben. Stets war Hannah zaghaft, unsicher gewesen, hatte sich nie etwas zugetraut. Meist stand sie außerhalb des Lebens, gehörte nicht dazu. Noch nie in ihrem Leben hatte sie etwas Unrechtes getan. Niemals. Und jetzt das. Dieser ... dieser Mord. Ja, es war Mord. Sie ist eine Mörderin.

Wie jedes Jahr hatte die ganze Familie das Weihnachtsfest am 24. Dezember in Tante Klaras Haus gefeiert. Klara, die jüngste Schwester von Hannahs Mutter, war noch recht rüstig für ihre siebenundachtzig Jahre.

Hannah hasste die Weihnachtszeit. Auch nach so vielen Jahren waren die dunklen Schatten der Vergangenheit an diesen Tagen besonders bedrohlich.

Mit ihren gichtgekrümmten Fingern überreichte Tante Klara ein kleines, fast quadratisches Päckchen an Hannah. Als sie das weihnachtliche Papier entfernt hatte, blickte sie auf ein Buch mit einem marineblauen, abgegriffenen Stoffeinband. Ein Tagebuch. Ein altes Tagebuch. Vorsichtig blätterte sie einzelne Seiten um. Die Schrift war in Sütterlin. Als Kind hatte sie diese Schrift in der Schule gelernt. Fragend sah sie ihre Tante an.

Klara murmelte: »Du sollst es wissen. Ich konnte das Tagebuch nicht vernichten, obwohl ich es deiner Mutter damals versprochen hatte.«

Hannah konnte nicht verstehen, warum Tante Klara ihr das Tagebuch der Mutter erst jetzt gegeben hatte. Warum nicht schon vor dreißig oder vierzig Jahren?

Erst spät am Abend, als sie allein in ihrer Wohnung saß, in der es nichts gab, was an Weihnachten erinnern konnte – keinen Tannenbaum, keinen Adventskranz, noch nicht einmal eine Weihnachtskerze –, begann sie die alte Schrift zu entziffern. Sie war verwundert, wie mühelos ihr das gelang. Ihre Hände zitterten, während sie las.

Dass mit dem Kind etwas nicht stimmte, habe ich gleich nach der Geburt bemerkt. Es war dieser mitleidige Blick der Hebamme, als sie mir Rudi reichte. »Mit dem werden sie nicht viel Freude haben«, sagte sie später. »Der Bub leidet an Mongolismus. Er ist schwachsinnig und wird es ein Leben lang bleiben. Am besten geben Sie ihn gleich in eine Anstalt.« Ich behielt Rudi. Natürlich behielt ich ihn. Rudi war ein gutes Kind. Immer lieb, immer folgsam, nie hatte er ein böses oder falsches Wort auf seinen Lippen. Er war so herzlich. Meine Liebe zu diesem Jungen wuchs mit jedem Tag. Rudi bedeutete mir alles. Er war mein Leben.

Ein richtiges Tagebuch war es eigentlich nicht, vielmehr waren es Aufzeichnungen, mit denen die Mutter zwei Monate vor ihrem Tod begonnen hatte.

Hannah hatte einen Bruder gehabt. Rudi. Niemand in ihrer Familie hatte ihn jemals erwähnt, oder doch? Tief aus dem Verborgenen tauchte eine Erinnerung auf. Sie war zwölf Jahre alt gewesen, als sie durch Zufall ein Foto fand. Von Tante Klara wollte sie wissen, wer der Junge zwischen ihren Eltern sei. Diese antwortete: »Das war Rudi.« Und nach kurzer Überlegung fügte sie hinzu: »Ein Nachbarjunge.« Schnell nahm ihre Tante ihr das Foto aus der Hand und sie hatte es niemals wieder gesehen.

Sie überblätterte zahlreiche Seiten und las weiter.

Es war der 28. März 1940. Wir wohnten seit Kurzem bei den Schwiegereltern in ihrem Häuschen in Studernheim, einem kleinen Vorort von Frankenthal. Ich hatte Waschtag. Rudi spielte mit dem siebenjährigen Nachbarsjungen im Garten. Ich hörte Johannes sagen: »Nein Rudi, das darfst du nicht anfassen! Du bist ein Depp, ein Krüppel, die dürfen das nicht.« »Ich auch, kann auch«, wehrte sich Rudi.

Im Keller kochte ich die Wäsche im großen Bottich. »Feuer, Feuer, Feuer«, plötzlich wurde ich von Rudis Schreien aufgeschreckt. Ich rannte nach Draußen. Da sah ich Rudi, er trug Johannes auf seinen Armen. »Hannes, Hannes Streichhölzer. Rudi nein, Rudi nein.« Brandgeruch lag in der Luft. Johannes und Rudi husteten, ihre Kleidung war angesengt. Die Gartenhütte brannte lichterloh, mit lautem Knistern züngelten die Flammen meterhoch aus dem Dach. Johannes starb einen Tag später an Rauchvergiftung. An diesem Tag holten sie Rudi ab und brachten ihn in die Heilanstalt Klingenmüster.

In Studernheim machte das Gerücht schnell die Runde: »Der Depp hat den Nachbarsjungen umgebracht.« Inzwischen glaubte das sogar Johannes' Mutter, obwohl sie Rudi kannte. Er hatte große Angst vor Feuer. Noch nie hatte er gezündelt, im Gegensatz zu Johannes. Wenn ich durch die Straßen ging, tuschelten die Nachbarn hinter meinem

Rücken: »Da ist sie, die Mördermutter.« Es war ein Unglück. Wieso konnte das keiner verstehen?

Am 24. Juni 1940 erreichte mich das Schreiben aus der Reichspflegeanstalt Grafeneck. »Zu unserem Bedauern müssen wir Ihnen mitteilen, dass Ihr Sohn, Rudolf Knoll, infolge einer Lungenentzündung am 12. Juni 1940 verstorben ist ... Heil Hitler! Dr. Gerwig.«

An diesem Tag verschwand mein Leben hinter einer dicken Nebelschicht. Niemand in unserer Familie erwähnte jemals wieder Rudis Namen. Sobald ich über ihn oder meinen Schmerz sprechen wollte, behandelte man mich, als sei ich selbst schwachsinnig und hätte mir das alles nur eingebildet, mein Kind, die sechzehn Jahre mit Rudi, das Unglück und Rudis Tod.

Hannah konnte das Gelesene nicht fassen. Tränen liefen über ihre Wangen. Was hatte ihre Mutter durchstehen müssen? Sie blätterte in den Aufzeichnungen weiter.

Dieser Artikel in der Zeitung raubt mir meinen Schlaf. Grafeneck soll eine Tötungsanstalt gewesen sein und Dr. Gerwig einer der Ärzte, die für das Töten mit dem Gas verantwortlich waren. Ihm wurde nach dem Krieg nicht einmal der Prozess gemacht. Auch jetzt scheint sich niemand für seine Taten zu interessieren. Ich hatte es geahnt. Rudi ist nicht an einer Lungenentzündung gestorben. Er war nie ein kränkliches Kind gewesen. Immer gesund war er. Umgebracht haben sie ihn. Ermordet. Vergast. Als ich heute Morgen mit Lothar sprechen wollte, sagte er nur: »Martha, lass die alten Geschichten endlich ruhen. Rudi ist schon lange tot. Es ist vorbei.« Aber dies ist eine Vergangenheit, die nie vergeht. Nichts ist vorbei. Alles ist wieder da. Der Schmerz. Der Nebel. Warum wurde dieser Mörder nicht bestraft? Warum wird das Ganze totgeschwiegen, auch in unserer Familie?

Ihr rechter Daumen schmerzte, wieder hatte sie den Fingernagel so weit heruntergebissen, dass sich Blut unter dem Daumennagel sammelte. Schon als Kind hatte sie das getan und auch jetzt im Alter schaffte sie es nicht, damit aufzuhören. Im

Gegenteil, dachte sie, dumme Angewohnheiten nehmen im Alter noch zu.

Den letzten Eintrag im Tagebuch ihrer Mutter hatte sie an den Weihnachtsfeiertagen wieder und wieder gelesen.

Ich müsste mich mehr um Hannah kümmern. Doch ich kann nicht mehr. Ich habe keine Kraft. Der Schmerz schneidet so stark in mein Herz. Ich halte das nicht mehr aus. Die Tage sind grau, alle Tage. Das Leben ist schwer, viel zu schwer. Wie soll ich die langen Tage überstehen? Wie die endlosen Nächte? Ich bin so müde. Ich bin des Lebens müde. Rudi ruft mich. Ich höre ihn deutlich. Ich muss zu ihm.

Zwei Wochen später hatte ihre Mutter Selbstmord begangen. Hannah sah sie wieder vor sich, wie sie da lag, als würde sie schlafen.

Das Klingeln des Telefons riss Hannah aus ihren Gedanken. Ihre Tochter kündigte ihren Besuch für Silvester an. Hannah hatte vor, ihr dann das Tagebuch vorzulesen.

Abermals fragte sie sich, wieso Klara die vielen Jahre über geschwiegen hatte. Warum hatte sie ihr die Aufzeichnungen erst so spät gegeben? Hannah fühlte sich betrogen. Erst jetzt konnte sie ihre Mutter verstehen, ihr endlich verzeihen. Und zum ersten Mal spürte sie keine Schuld mehr. Sie fühlte sich befreit. Ihr ganzes Leben lang hatte Hannah dieses Bild verfolgt: sie, als kleines achtjähriges Mädchen, am Bett der toten Mutter.

Es war am Morgen des 24. Dezembers 1951 gewesen. Hannah war sehr früh aufgewacht. Sie freute sich auf das Weihnachtsfest und darauf, endlich den Tannenbaum mit den selbstgebastelten Sternen und den selbstgebackenen Plätzchen zu schmücken. So aufgeregt war sie gewesen, sie wusste nicht, wie sie den Tag bis zum Abend, bis zur Verteilung der Geschenke, überstehen sollte.

Hannah kam ins Schlafzimmer der Mutter gestürzt und rief: »Mama, Mama, steh endlich auf!«

Sie hatte sofort begriffen, dass etwas Schlimmes passiert war. Dennoch rüttelte sie wieder und wieder an der kalten Mutter. Sie sah aus, als würde sie schlafen, ihre Lippen umspielte ein zufriedenes Lächeln, das Hannah noch nie zuvor an ihr gesehen hatte.

Nach dem Tod der Mutter begann der Vater zu trinken. Zwei Jahre später kam er bei einem Unfall mit seiner Isetta ums Leben.

Sie wollte mehr über die Vergangenheit wissen. Als Erstes gab sie *Grafeneck* in ihr Notebook ein.

»Schloss Grafeneck in der Schwäbischen Alb wurde der erste Ort systematisch-industrieller Ermordung von Menschen im Nationalsozialismus. Hier nahm die Aktion T4 ihren Ausgangspunkt.«

Energisch tippte sie *Aktion T4* in die Tasten.

»Die *Aktion T4* war der Tarnname für das Euthanasie-Programm des Naziregimes, benannt nach dem Sitz der Organisationszentrale in der Tiergartenstraße 4 in Berlin. Im Rahmen der Vernichtungsaktion wurden ca. 70.000 körperlich und geistig behinderte Menschen sowie psychisch Kranke ermordet.«

Hannah fasste sogleich den Entschluss. Sie würde nach Grafeneck fahren. Noch heute.

Fast fünf Stunden später betrat sie das Dokumentationszentrum Grafeneck. Sie ging von Raum zu Raum und las die Stelltafeln. Die eigentliche Vernichtungsanstalt lag dreihundert Meter vom Schloss entfernt. Auf einem Bild sah sie das massive Gebäude, das aus einem Wartezimmer bestand und aus dem *Duschraum*, in dem die Menschen vergast wurden. Dies war der Ort, an dem Rudi ermordet wurde. Welche Angst musste er ausgestanden haben, so ganz allein? Neben dem

Vergasungsraum befand sich ein Arztzimmer, aus dem durch ein Ventil Kohlenoxidgas in den so genannten Duschraum eingeleitet wurde. Von hier aus hatten Dr. Gerwig und die anderen Ärzte das Geschehen in der Sterbekammer durch ein Glasfenster beobachten können. Das Grauen ließ ihr einen Schauer über den Rücken laufen. Wozu konnten Menschen fähig sein? Wie konnten diese Ärzte damals zu Mördern werden? Zu unbarmherzigen Mördern?

Hannah las, dass Grafeneck im Dezember 1940 aufgelöst worden war. Bis zu diesem Zeitpunkt waren dort insgesamt 10.654 Menschen umgebracht worden. Ein Viertel der Täter von Grafeneck wurde später in den Vernichtungslagern Belzec, Treblinka, Sobibor und Auschwitz-Birkenau eingesetzt. Von den achtzig bis hundert Tätern aus Grafeneck waren nur acht angeklagt worden. Hannah konnte diese Ungeheuerlichkeit nicht glauben. Wieso wurden diese Mörder nie belangt? Sie schlug im Opferbuch nach. Hier war Rudi aufgeführt. Am 12. Juni 1940 war er von Klingenmünster nach Grafeneck deportiert und dort am selben Tag vergast worden.

In dieser Nacht fand Hannah keinen Schlaf. Ob Dr. Gerwig noch lebte? Sie musste wissen, was aus ihm geworden war.

Am nächsten Morgen saß Hannah erneut vor ihrem Notebook. Sie entdeckte mehrere Veröffentlichungen über die Gräueltaten dieses Arztes. In einem Beitrag aus dem »Wormser Anzeiger« vom Oktober letzten Jahres war über den 95. Geburtstag des Arztes Dr. Helmuth Gerwig berichtet worden, den er in der Wormser Seniorenresidenz *Domblick* feierte. Mit keinem Satz war in dem Artikel erwähnt worden, dass Dr. Gerwig in der Nazizeit an Verbrechen gegen die Menschlichkeit beteiligt gewesen war. Dieser Mörder lebte nur einen Steinwurf von Hannah entfernt! Warum war er niemals angeklagt worden? Wie konnte er als junger Arzt zum Mörder werden? Sie wollte Antworten. Und sie fand, dass sie ein Recht darauf hatte.

Mit festen Schritten überquerte Hannah die Hagenstraße und ging auf die Eingangspforte der Seniorenresidenz zu. Die Tür war geöffnet. In der Mitte des Foyers thronte eine große geschmückte Nordmanntanne. Sie entdeckte den Pförtner und fragte ihn nach Dr. Gerwig. Ohne von seinem Sudoku aufzusehen, nannte er ihr die Etage und Zimmernummer. Im dritten Stock angekommen, zögerte sie. Wollte sie diesem Mann wirklich gegenübertreten? Ja, sie musste ihm in die Augen sehen. Zimmer 305. Neben der Tür war ein kleines Schild mit seinem Namen angebracht. Hannah atmete noch einmal tief durch. Ihr Puls raste, als wäre sie um ihr Leben gelaufen. Sie klopfte. Keine Antwort. Vorsichtig drückte sie die Klinke nach unten. Der Gestank von Urin und Krankheit schlug ihr entgegen. Bald würde sie auch so riechen. Sie hasste das Alter. Das Zimmer war mit schweren antiken Möbeln eingerichtet, den Mittelpunkt bildete das große, moderne Pflegebett.

»Was wollen Sie hier?«, sie erschrak. Seine Stimme war laut, herrisch, ans Kommandieren gewohnt, sie klang fest, wie die Stimme eines jungen Mannes, sie passte nicht zu diesem Häufchen Elend. »Wer sind Sie?«

Sie stand neben seinem Bett und sah auf ihn herunter, aber es fühlte sich so an, als würde er auf sie herabblicken.

»Sind Sie stumm? Was wollen Sie?«

»Ich möchte wissen: Wa ... warum?« Ihre Hände zitterten. Ihre Stimme bebte. Sie schwitzte.

»Warum was?«, bellte er.

»Warum – warum haben Sie das getan – damals? Wie konnten Sie all diese Menschen umbringen, Kinder, Frauen, Männer? Sie waren Arzt. Sie hatten sich verpflichtet, Leben zu retten und nicht, Leben zu töten.«

»Ich habe keinen umgebracht. Diesen Menschen wurde der Gnadentod gewährt. Unwertes Leben, Ballastexistenzen, unnütze Esser, Schwachsinnige. Sind Sie von der Presse? Nein, Sie sind zu alt für die Presse.«

Auf der Fahrt nach Worms hatte sie sich vorgestellt wie er ihr antworten würde: »Ja, ich habe Schuld auf mich geladen. Ich war jung, verblendet, ein Nazi. Ich hatte an die wirren Parolen geglaubt. Jede Nacht kommen diese Toten in meine Träume; auch sie wollen eine Antwort, die ich nicht geben kann. Es gibt keine Entschuldigung für das was ich getan habe.«

Dass er nichts bereute, gar nichts, damit hatte sie nicht gerechnet.

»Sehen Sie sich doch um«, er hatte sich in Rage geredet, »heute gibt es nur noch nutzlose Esser, überall. Und die deutsche Rasse, durchmischt mit fremdem Blut, krank und verweichlicht. Die Dinge von damals werden heute schlechtgeredet. Wir waren doch keine Mörder. Unsere Handlungen dienten dem Schutz der Erbgesundheit des deutschen Volkes.«

Die ewig gleichen Naziparolen. Als würde er ihr eine Ohrfeige nach der anderen verpassen. Hannah konnte seine Worte nicht ertragen. Ihr Magen drehte sich. Sie musste gehen. Ihre Beine jedoch bewegten sich nicht, keinen Millimeter. Wie in Zeitlupe zog sie das kleine Kissen, das seinen rechten Arm stützte, hervor.

»Unter den anderen Arm legen!«, befahl er.

Sie hielt das Kissen in der Hand und er keifte: »Wollen Sie mich mit dem Kissen ersticken? Das schaffen SIE nie«, er lachte grell und gemein. Es war, als würde er Hannah, ihre Familie, ihr ganzes Leid verhöhnen. »Diese nutzlosen Esser und Idioten haben kein Recht zu leben. Die deutsche Rasse soll rein und gesund ...«

Sie musste das Kissen nicht lange auf sein Gesicht drücken. Es ging blitzschnell. Als sie das Kissen aufs Bett warf, hatten sich seine verkrampften Arme entspannt. Sie sah seine Augen, ungläubig, weit aufgerissen, starr. Fluchtartig rannte sie aus dem Zimmer. Hannahs Herz schlug wild und unregelmäßig als wolle es sich aus ihrem Brustkorb befreien. Sie blieb einen

Augenblick stehen, bevor sie die Tür zum Erdgeschoss öffnete. Der Pförtner. Sie hatte ihn völlig vergessen. Angeregt las er in einer Zeitschrift, bemüht langsam ging sie an ihm vorbei, kurz blickte er auf, sie nickte ihm zu und lächelte.

Nachdem sie am frühen Silvesterabend ihre Tochter und ihren Enkel zur Tür gebracht hatte, setzte sich Hannah in den schwarzen Ledersessel. Sie hoffte, dass ihre Tochter ihr verzeihen würde. Es war Unrecht, ein Verbrechen, das niemals hätte passieren dürfen. Nur zu gerne hätte sie die Tat rückgängig gemacht. Jedoch, was geschehen war, war geschehen.

Alles Totgeschwiegene drängt in die Gegenwart, schnellt an die Oberfläche zurück, wie ein Ball, der nur mit Gewalt unter Wasser gedrückt werden kann.

Hannah war ganz ruhig. Sie ging zum Telefon und nahm den Zettel mit der Nummer, die sie gegoogelt hatte. Langsam, ganz langsam, tippte sie die einzelnen Ziffern ein. Die Stimme am anderen Ende der Leitung klang jung und dynamisch: »Kriminaldauerdienst. Sie sprechen mit Maximilian Steinauer.«

Nachts, wenn die Schatten kommen

»So, Frau Wagner, jetzt ziehen wir aber die Windel an.« Anca bemerkte den schrillen Klang ihrer Stimme, wie eine Mutter, die mit einem ungezogenen Kind sprach.

Waltraud schlug nach der Pflegerin. Sie hasste es, wenn sie mit ihr redeten, als sei sie ein kleines Kind. Fünfundachtzig war sie und keine drei. Und dieses *wir*. Die Pflegerin zog keine Windel an. Sie allein, Waltraud, bekam eine Windel angezogen. Aber sie wollte diese Windel nicht.

Bei Frau Wagner war es zum dritten Mal infolge zu einer nächtlichen unkontrollierten Blasenentleerung gekommen. Daher hatten sie im Übergabegespräch beschlossen, dass sie nachts Windeln tragen sollte. Anca musste sich beeilen, sie war schon wieder eine halbe Stunde in Verzug. Sie liebte ihren Beruf, aber die Pflegezeiten waren viel zu knapp bemessen. »Jetzt reicht es, Frau Wagner!«

Unerbittlich hielt die Pflegerin ihre Arme fest. Waltraud spürte einen stechenden Schmerz im rechten Oberarm. Wie ein Schraubstock umklammerte sie ihre Arme. Waltraud versuchte, trotzdem sich zu wehren. Erfolglos. Die Pflegerin war stärker. Immer vergaß sie deren Namen, irgendetwas Russisches oder Rumänisches. Nachts wusste sie es. Nachts wusste sie alles. Fast alles. Oft musste sie in der Nacht weinen, weil sie sich an all das erinnerte, was sie tagsüber vergessen hatte. Nachts wusste sie immer, wie alt sie war; manchmal konnte sie auch den Wochentag und sogar das Datum benennen und sie wusste, was sie zu Mittag gegessen hatte.

Normalerweise machte Waltraud nicht ins Bett, sie war ja nicht inkontinent. Nur ein bisschen vergesslich war sie. Und ins Bett hatte sie nur gepieselt, weil sie auch in der Nacht wieder da waren, nach so langer Zeit. Es war genau wie damals.

Danach hatte sie auch wieder eingenässt. Mit dreizehn. Und sie hatte genau gehört wie die Bauersfrau, auf deren Hof sie untergekommen waren, zur Nachbarin sagte: »Das ist doch nicht normal, dass die Göre mit dreizehn noch ins Bett pinkelt. Diese Aussiedler sind alle Bettpisser.«

Seit einigen Monaten wohnte sie in diesem Pflegeheim. An so vieles konnte sie sich erinnern, nachts. Zum Beispiel an ihr Elternhaus in Brünn. Sie sah die einzelnen Zimmer genau vor sich. Manchmal öffnete sie in der Nacht alle Türen des Wohnzimmerschranks nacheinander; sie wusste, was hinter den einzelnen Türen zu finden war. Auch in den Schubladen kannte sie sich aus. An so viele Namen aus ihrer Kindheit konnte sie sich erinnern, zum Beispiel an den Bäcker Kleinhans mit seiner dicken Bäckersfrau, die immer ein Brötchen extra dazulegte. Alle ihre Klassenkameradinnen konnte sie mit Namen aufzählen und ihre besten Freundinnen Alena und Lenka sah sie vor sich. Nie wieder hat sie etwas von den beiden gehört. Warum eigentlich? Es gab ein Leben davor und danach. Ein Leben vor der Flucht und ein Leben nach der Flucht. Die beiden Leben hatten nichts gemein. Ihre Mutter hatte bis zu ihrem Tod *unsere Heimat* gesagt, wenn sie von Brünn sprach. Mannheim war für ihre Mutter der Ort gewesen, an dem sie lebte, aber zu einer Heimat war es nicht geworden. Für Waltraud hingegen war Mannheim ihr Fluchtpunkt. In Österreich auf dem Bauernhof waren sie jede Nacht gekommen, die Schatten. In der Stadt Mannheim hatten sie aufgehört zu existieren. Es war, als hätten sie Waltraud niemals heimgesucht. Und endlich beschloss sie, wieder zu wachsen, und auch ihre Brüste nahmen Formen an. Ihr Vater sagte zur Mutter: »Sie wird jetzt endlich eine Frau. Alles wird gut.«

Sie erinnerte sich an diesen verhängnisvollen Tag, als wäre es gestern gewesen. Es war der 30. Mai 1945. Sie wusste nicht, welcher Tag heute war, aber an dieses Datum konnte sie sich erinnern. Mehrere Männer waren gekommen, um ihnen zu sagen, dass sie packen sollten. Jeder Flüchtling durfte nur einen Koffer mit Habseligkeiten mitführen. Sie stand mit ihren Eltern, ihrer kleinen Schwester und der Großmutter vor ihrem Elternhaus in Brünn, neben ihnen die schweren Koffer. So warteten sie auf ihren Abtransport. Den Hausschlüssel hatten sie schon abgeben müssen. Da fiel Waltraud ein, dass sie keinen einzigen Kochtopf mitgenommen hatten. Sie ging hinter das Haus, nahm einen Stein und schlug damit das kleine Fenster der Küchentür ein. Mit einem Ast angelte sie die beiden Töpfe vom Herd. Ihre Mutter war unterdessen fast in Ohnmacht gefallen. Ihre Großmutter hingegen lobte sie und sagte: »Kluges Kind. Wie sollen wir kochen ohne Töpfe?« Nach einer Stunde kamen sie, um sie zu holen. Mit vielen tausenden deutschsprachigen Bewohnern wurden sie in Richtung Österreich getrieben. Sie bildenden einen langen Elendszug. Etwas Schrecklicheres, als sein Zuhause zurück zuzulassen, konnte sich Waltraud nicht vorstellen. Aber dann waren da diese beiden Soldaten, die sagten, dass sie mitkommen soll. Sie sah zu ihrer Mutter, die sofort zu schreien begann. Der süßlich-metallische Geschmack ihres Blutes. Waltraud hatte sich auf die Lippe gebissen. Der eine Soldat zog sie am Arm weg, sehr grob. Der andere schlug ihrer Mutter ins Gesicht, als diese nicht aufhören wollte zu schreien, aber das sah Waltraud nicht, das erzählte ihr später die Großmutter. Niemals war sie wieder an die Orte ihrer Kindheit zurückgekehrt. Vielleicht wollte sie die schlafenden Schatten nicht wecken.

Im Fernsehen hatte sie die vielen Menschen auf der Flucht gesehen und sich an ihre eigene Flucht erinnert. Da hielten die Schatten noch still. Aber dann bei dieser Reportage lösten sie ihre Fesseln. Abends schoben sie sie zusammen mit anderen Bewohnern in den Fernsehraum. Gemeinsam sahen sie diese Dokumentation über die Flucht dreier Frauen aus Afrika. Das Land, aus dem sie geflohen waren, hatte sie wieder vergessen. Die drei Frauen jedoch sah sie jetzt vor sich. So stolz waren sie, trotz allem stolz. Diese Frauen waren in ihrem

Land von Milizen entführt, gefoltert und vergewaltigt worden. Und auf der Flucht wurden sie noch einmal vergewaltigt, diesmal von Männern, die auch geflohen waren. Als die Frauen ihre Erlebnisse schilderten, da ratterten die Schatten laut an ihren Gittern. In diesem Augenblick hatte es begonnen. Waltraud roch den Waldboden, ein Geruch nach Moder und verwesten Blättern. Und dann war plötzlich der Gestank dieser Männer in ihrer Nase, wie tagelang nicht gewaschen, auch ihre Uniformen waren schmutzig. Sie hörte die Stimme ihrer Mutter: »NEIIN! Nicht mein Kind, nicht mein Kind! Nimm mich, nimm mich. Bitte nicht! NEIIN!« Die Schreie ihrer Mutter tönten laut in ihrem Kopf. Es war, als würde sie das Foto einer Sofortbildkamera betrachten: Zunächst ist da nur ein weißer Fotokarton, aber dann, von Sekunde zu Sekunde werden die Konturen des Bildes schärfer. Jetzt roch sie nicht mehr nur den feuchten Waldboden, sie fühlte sogar den Ast, auf dem sie lag. Und diese Angst. Todesangst! Dann dieser Schmerz, der ihren ganzen Körper zerriss. Sie fühlte, wie das warme Blut ihre Beine hinunterrann, als sie es endlich geschafft hatte, aufzustehen.

»Was haben wir denn? Wir müssen doch nicht weinen! Es ist alles in Ordnung!« Anca hielt die verzweifelte Frau in ihren Armen und strich sanft über ihren Kopf.

Die Pflegerin. Waltraud musste geschrien haben, wie damals. Beim ersten Soldaten schrie sie noch, der zweite schob ihr einen Knebel in den Mund. Seitdem die Schatten zurück waren, erlebte sie diese Szene wieder und wieder. Es war, als würde sie einen Albtraum in einer Endlosschleife träumen. Anca hieß die Pflegerin, jetzt wusste sie wieder ihren Namen. Zaghaft begann Waltraud von dem Tag zu erzählen, als sie aus ihrer Heimat flüchten musste. Anca hörte ihr zu aufmerksam zu.

»Ich bin auch ein Flüchtling«, sagte Anca und hielt ihre Hand.

»Ich bin eine Roma. Wir hatten es sehr schwer in Rumänien. Deshalb haben wir unsere Heimat verlassen und sind nach Deutschland gekommen.«

Maries drittes Leben

Marie war beim Lesen eingeschlafen. Als sie wach wurde, lag sie auf der braunen Ledercouch im Wohnzimmer. Wieder war er da gewesen, dieser Traum. Lange spürte sie ihm noch nach, bevor sie den Traum ausschmückte und alles immer schöner wurde. Es fühlte sich so gut an, dieses dritte Leben.

Robbie war unterwegs. Sie beschloss, ihm eine Freude zu machen und zu kochen: Spaghetti mit Tomatensoße, Kopfsalat und als Nachtisch Vanillepudding. Sarah half ihr dabei. Beim Kochen konnte Marie durch das Fenster im zehnten Stock des Hochhauses mehrere Eichhörnchen im Herzogenriedpark beobachten, die wie pelzige Ameisen aussahen, wenn sie von Baum zu Baum flitzten. Manchmal stellte sie sich vor, wie es sein würde, von soweit oben aus dem Fenster zu fallen.

»Marie, möchtest du etwas trinken?«

Ihr Mund ist trocken, so trocken, dass sie nicht mehr sprechen kann, daher nickt sie nur dankbar.

Einmal wünschte sie sich in ihrem ersten Leben zum Geburtstag eine Barbie-Puppe. Ihre Mutter sah sie entgeistert an, dann schrie sie: »Barbie-Puppe, die kannst du haben!« Sie knallte ihr Jennifer, die kleine Schwester, im Kinderwagen vor die Füße und bellte: »Hier, kannst deiner Barbie-Puppe gleich den Arsch abwischen. Glotz nicht so blöd. Los, mach schon!« Vielleicht hat Marie deshalb zu Beginn ihre Mutter nicht wirklich vermisst. Jedoch von Monat zu Monat wurde in ihrem Kopf das Keifen von Mamas Stimme weniger, auch ihre Bosheit schien abzunehmen. Irgendwie sehnte sie sich nach ihr. Aber jetzt war sie sanft und liebevoll geworden, wie die Mutter, die mit ihren beiden Kindern einen Stock tiefer wohnte.

Ihre Stimme klang lieblich und jedes Mal streichelte sie im Aufzug einem der Kinder zärtlich über den Kopf. Und immer lächelte sie.

Das Glas Cola leert Marie in einem Zug. Mit ihrer rechten Hand greift sie in die Jackentasche und streicht über die glatte Rundung ihres rotbraun leuchtenden Lieblingssteins. Oft fühlt sich Marie selbst wie ein Stein, ein schwerer grau-weiß gesprenkelter Stein.

»Hat er dir Gewalt angetan?«

Marie ist sich nicht sicher, was der Mann, der sich als Herr Lukas vorgestellt hat, damit meint, Schläge oder das andere.

Robbie schlug sie nie. Er nannte sie immer *meine Prinzessin*. Noch keiner hatte sie zuvor so genannt. Und wahrscheinlich wird sie auch niemals wieder jemand so nennen. Jeden Wunsch erfüllte ihr Robbie, – na ja, fast jeden. Schon in der ersten Woche brachte er ihr eine Barbie-Puppe mit. Eine Freundin konnte ihr Robbie nicht schenken. Aber Marie hatte ja Sarah.

An diesem Tag deckte sie den Tisch mit Stoffservietten, Sarah sah ihr dabei zu. Robbie kam zurück, er war Sportschütze. Jeden Freitag ging er zum Schießen. Das war Robbies einziges Hobby, außer dass er Marie hatte. Als er den schön gedeckten Tisch sah und das Essen roch, strahlte er und sagte: »Das ist schön. Meine Prinzessin hat gekocht.« Zur Feier des Tages machte er eine Flasche Wein auf. Wie eine Erwachsene durfte Marie auch ein Glas Rotwein trinken. Sie trank es gerne, denn sie wusste, was nach dem Essen kommen würde. Der Wein würde ihren Kopf etwas benebeln, das machte es leichter. In der letzten Zeit ertrug sie es nur noch, wenn sie dabei an ihr drittes Leben dachte.

»Es ist nicht deine Schuld.«

Wie Unrecht dieser Herr Lukas doch hat. Nicht einmal gewehrt hatte sie sich, als Robbie sie vor sechs Jahren in seinen Wagen zog. Und warum wollte sie unbedingt dieses dritte Leben? Wie gerne würde sie jetzt darauf verzichten.

Mitten in der Nacht wurde sie wach. Sie ging ins Wohnzimmer und sah den Schlüssel. Robbie hatte vergessen, ihn abzuziehen.

Eine Ewigkeit stand sie regungslos mit starrem Blick vor dem Waffenschrank. Sie dachte: Das ist meine Chance. Sonst werde ich ihm nicht entkommen. Niemals. Sarah sagte: »Du musst es tun. Marie, tu' es! Jetzt!« Manchmal hasste sie dieses Leben im Verborgenen. Sie wollte ein ganz normales Leben mit Freundinnen, Schule, Schwimmen am See, Geburtstagspartys. War das zu viel verlangt?

»Du hättest doch einfach gehen können.«

Wie hätte sie denn weggehen sollen und wohin? Robbie wäre ihr doch gefolgt. Und wenn er ihr nicht gefolgt wäre, dann sie ihm. Aber das würde dieser Polizist niemals verstehen.

Sie schloss den Waffenschrank auf, nahm mit schwitzigen Fingern Robbies Lieblingswaffe und lud sie durch. Sarah sah Marie entschlossen an. Dann gingen sie ins Schlafzimmer. Robbie schlief ganz friedlich.

»Du bist erst 13, noch nicht strafmündig.«

Ihr Leben lang wird sie diese Strafe mit sich herumschleppen. Das Schlimmste ist, sie vermisst Robbie schon jetzt. Und sie weiß: Immer wird sie ihn vermissen.

»Wir werden die Befragung für heute abbrechen. Wir bringen dich jetzt erst einmal zu deiner Mutter.«

Die Worte brauchen eine Weile, um zu ihr durchzusickern, dann fängt sie an zu schreien. Marie liegt auf dem Boden, schreit laut, sehr laut. Aus ihrem Mund quillt weißer Schaum, als hätte sie die Tollwut. Sarah sieht sie besorgt an, tröstend reicht sie ihr eine Hand. Allerdings erst der Inhalt der Spritze, der ihre Blutbahn überschwemmt und ihren Kopf viel stärker benebelt als Robbies Rotwein, lässt Marie ruhig werden.

Der Geschmack von Sushi und das Wesen des Krimis

Mein Name ist Feller, Rudolf Feller. Sie wollen wissen, ob mir gestern Abend etwas aufgefallen ist. Also wir saßen zu fünft im Fernsehraum: Margot, Anneliese, Lothar, der General und ich. Gerade als der Krimi am spannendsten wurde, stand der General auf und verließ das Fernsehzimmer. Wann er wieder zurückkam, habe ich nicht bemerkt, aber als der Film zu Ende war, saß er wieder auf seinem Platz. Wissen Sie, wir haben ja alle unsere Stammplätze. Sie kommen mir bekannt vor, kennen wir uns?

Ach, Sie haben immer Ihre frühere Nachbarin bei uns besucht. Ja, jetzt erinnere ich mich. Die Else. Die ist vor drei Monaten verstorben. Aber oft waren Sie nicht da. Na ja, ich kann mich nicht mehr an alles erinnern. An die Sachen von früher schon. Eine Demenz habe ich nicht. Soll ich Ihnen den Krimi von gestern Abend erzählen?

Ja, dass der General den Raum verlassen hat, da kann ich mich ganz sicher dran erinnern, das kann ich beschwören.

Ob ich das schlimm finde, dass Herr Thron ermordet wurde? Nein, eigentlich nicht. Ich meine, sicher ist das schlimm, dass es passiert ist, dass so etwas in unserer Residenz geschehen konnte und nicht nur im Fernsehen. Ja, das schon, aber dass es ihn getroffen hat, nein, das ist nicht schlimm. Er hat uns alle nur schlecht behandelt, immer. Das stimmt, ich konnte ihn nicht leiden. Niemand konnte ihn leiden. Wirklich niemand. Nicht einmal seine Frau, die hat schon lange einen anderen. Woher ich das weiß? Man hört hier so einiges.

***

Guten Tag, Herr Kommissar. Mein Name ist Margot Weidenhöfer. Aber wenn Ihnen Herr Feller schon alles erzählt hat, warum ... Ach so, ich verstehe.

Alle Bewohner haben ein eigenes Fernsehgerät, aber es ist doch viel angenehmer, in netter Gesellschaft zu schauen. Ja genau, wir fünf saßen gestern Abend zusammen im Fernsehraum. Zuvor waren noch zwei weitere Bewohner dabei, aber die wollten die Volksmusik im Ersten sehen, wir haben dann über das Programm abgestimmt und der Krimi hat gewonnen. Wir gewinnen immer; wir sind in der Überzahl und diese langweiligen Volksmusikshows ...

Nein, ich weiß nicht, ob irgendjemand den Raum verlassen hat. Ich saß ja in der ersten Reihe, meine Augen sind nicht mehr so gut und ständig verlege ich meine Brille. Wissen Sie, ich habe die Anneliese in Verdacht, dass die meine Brille ...

Ach so, ja, aber ich muss Ihnen das doch erklären. Also, da meine Augen nicht mehr so gut sind und ich meist meine Brille nicht finde, konzentriere ich mich auf den jeweiligen Film. Ich bekomme dann nichts mehr anderes mit, nicht einmal ...

Nein, ich kann nicht bestätigen, dass der General den Raum verlassen hat, aber wenn Herr Feller das sagt, dann entspricht dies auch der Wahrheit. Er sitzt immer am Rand, da bemerkt er, wenn jemand den Raum verlässt. Ist das nicht schrecklich? Der arme Herr Thron.

Ob ich ihn mochte? Ja, natürlich. Wir mochten ihn alle. Er war so ein herzensguter Mensch, immer zuvorkommend.

Ach was? Das hat Herr Feller zu Ihnen gesagt? Komisch, das verstehe ich gar nicht. Gestern Abend war alles wie immer. Nein, auffällige Geräusche habe ich nicht gehört und auch sonst nichts Außergewöhnliches bemerkt.

***

Darf ich Sie fragen, was Sie in meiner Kompanie machen? Sie sind Hauptkommissar und Ihr Name lautet März. März wie April, ich verstehe. Sie müssen mein Insistieren entschuldigen, aber ich bin der Kommandeur hier und deshalb muss ich über alles informiert sein, was hier passiert. Mein Name, der ist Egon Junker. Von einem Mord habe ich nichts gehört.

Nein, natürlich war ich gestern Abend nicht im Fernsehzimmer. Ich hatte eine Unterredung mit meinen Offizieren. Danach bin ich zu Bett. Haben Sie gedient, junger Mann? Das freut mich. Wissen Sie, wir sind ja immer noch im Krieg. Ist der Mann bei Kriegshandlungen ums Leben gekommen?

Er wurde umgebracht und er war Zivilist? In meiner Kompanie? Das kann nicht sein. Aber dürfen Sie denn hier überhaupt ermitteln, Sie als Zivilist. Wir haben da nämlich unsere eigene Polizei. Ach so, Sie arbeiten mit ihr zusammen. Ja natürlich, unter diesen Umständen kann ich Sie mit den Befragungen fortführen lassen.

Achtung! Achtung! Hören Sie das nicht? Die Sirene! Wir müssen sofort alle in den Schutzbunker. Alle, Sie auch. Ich muss auf der Stelle meine Kompanie zusammentrommeln. Sie hören die Sirene nicht? Ja, sind Sie denn taub? Kommen Sie sofort mit! Das ist ein Befehl. Hören Sie junger Mann, wenn Sie sich meinen Befehlen widersetzen, dann hat das Konsequenzen. Da nützt Ihnen auch der Zivilist nichts, wenn Ihnen die Bomben auf den Kopf fallen, dann sind Sie tot.

Thron? Kenne ich nicht. Der dient nicht in meiner Kompanie. Es tut mir leid, Herr ... aber ich muss mich jetzt um meine Männer kümmern ...

***

Jetzt, wo der General weg ist, bin ich aber an der Reihe, Herr Kommissar. Oh Verzeihung, Hauptkommissar. Da legen die im Fernsehen auch immer großen Wert drauf. Ich schaue mir am liebsten Krimis an. Es gibt ja heute so viele Sender, aber das Programm wird trotzdem immer schlechter. Nur die Kriminalfilme, die kann man sich noch anschauen. Ich bin die Anneliese, Anneliese Bühler.

Herr Thron? Natürlich kenne ich den. Kannte muss ich wohl sagen, er ist ja jetzt tot, mausetot. Gestern Abend saßen wir zu fünft im Fernsehzimmer. Der General, ja, der war auch dabei. Ob er den Raum irgendwann verlassen hat? Keine Ahnung, aber wenn Herr Feller das behauptet, dann stimmt das auch, der ist ein ganz Genauer. Mir ist nichts aufgefallen. Blut auf der Hose. Oh je!

Nein, ich habe nicht *Blut auf der Hose* gesagt. Das habe ich ganz bestimmt nicht gesagt. Warum sollte ich das denn sagen? Ja, wenn ich das tatsächlich gesagt habe, dann wohl, weil jemand in dem Krimi Blut auf der Hose hatte. Wissen Sie Herr Komm ... Herr Hauptkommissar, manchmal rutschen mir Wörter aus dem Mund wie anderen Fürze, einfach so, obwohl ich es nicht will. Aber es ist unmöglich, die Worte dann aufzuhalten, und wenn sie erst mal draußen sind, dann kann man sie ja nicht mehr zurückholen. Das hat nichts zu bedeuten, gar nichts. Das passiert mir ständig.

Ob ich Herrn Thron leiden konnte. Ja, wir haben ihn alle gehasst, ähm, geliebt, wollte ich sagen, geliebt. Er war sehr nett. Streit, nein, niemand hatte jemals Streit mit Herrn Thron. Warum denn Streit, dafür gab es keinen Anlass. Was hat Herr Feller gesagt? Ach, ich denke, er wollte Sie nur ein wenig verwirren, ähm, verulken meine ich, verulken. Warum? Da müssen Sie ihn schon selbst fragen. Manchmal ist Herr Feller ein Scherzkeks. Er macht gerne mal ein Späßchen.

Ach so, bei einem Mord macht mein keine Späßchen. Damit kenne ich mich nicht aus; es ist ja mein erster echter Mord. Normalerweise wird im Fernsehen gemordet und da machen wir immer gerne ein Späßchen. Das freut mich, wenn ich Ihnen eine große Hilfe sein konnte.

***

Hallo Herr März, wie geht es Ihnen? Ob ich Ihnen etwas über den General sagen kann. Ja, natürlich. Augenblick, mein Handy klingelt. Ja, Sabine Sauer am Apparat. Nein, das geht jetzt nicht. Ich komme in zehn Minuten und dann können wir den Medikationsplan der neuen Bewohnerin besprechen.

Entschuldigung, als Krankenschwester hat man hier keine zehn Minuten Ruhe. Wo waren wir stehengeblieben? Beim General. Nein, er war niemals General, er war Schauspieler. Er hat allerdings in einigen Kriegsfilmen mitgespielt. Den Krimi gestern Abend, wenn Sie den im ZDF meinen, ja, den habe ich zu Hause gesehen. Nein, da hatte niemand Blut auf der Hose, das Opfer wurde doch vergiftet. Die Bewohner, die haben auch diesen Krimi gesehen, das ist ja eine Serie und die schauen sie immer. So, ich muss jetzt weiter, sonst läuft mit der Medikation der neuen Bewohnerin was schief.

Lothar Gronauer? Den finden Sie – wie immer – in unserem prächtigen Garten am Teich bei seinen Fischen.

***

Das sind meine Kois, sie sind mein Ein und Alles. Wissen Sie, dass Nishikigoi, kurz auch Koi genannt, wörtlich übersetzt Brokatkarpfen heißt, er ist nämlich eine Zuchtform des Karpfens. Ihnen ist sicherlich auch nicht bekannt, dass die Lebenserwartung eines Kois bis zu sechzig Jahre beträgt.

Ja, meine Kois sind sehr wertvoll. Als ich hier in die Seniorenresidenz gezogen bin, da habe ich alle meine Kois mitgebracht. Wäre das nicht möglich gewesen, dann hätte ich mir ein anderes Altersdomizil gesucht.

Gestern Abend, da haben wir gemeinsam diesen Kriminalfilm im Zweiten angeschaut. Da ist mir nichts Besonderes aufgefallen. Nein, ich glaube nicht, dass jemand das Zimmer verlassen hat. Der Film war sehr spannend. Das Opfer, das wurde vergiftet. Nein, Blut auf der Hose hatte niemand. Das mit Herrn Thron, das ist sehr tragisch. Vielleicht war es ein

Einbrecher. Manchmal befinden sich Menschen in der Residenz, die nicht hierhergehören, sie wollen uns Bewohner bestehlen. Das kommt in der letzten Zeit häufiger vor.

Vor einer Woche waren zwei Jugendliche da, die ihre Hilfe angeboten haben, danach fehlte denjenigen, die sie angenommen hatten, ihr gesamtes Bargeld. Ich sage Ihnen: Die Welt ist schlecht.

Vielleicht haben Sie recht, sie war früher auch nicht besser. Aber so etwas hat es hier noch nicht gegeben.

Nein, ich weiß nichts von einem Einbrecher gestern Abend, aber man macht sich so seine Gedanken. Mit Herrn Thron hatte niemand der Bewohner Streit, wir haben ihn alle gemocht. Er war sehr hilfsbereit. Das kann ich Ihnen nicht sagen, wieso Herr Feller das Gegenteil behauptet hat, vielleicht wollte er einen Scherz machen.

Ja, er ist immer zu Scherzen aufgelegt. Verzeihen Sie, aber ich muss mich jetzt wieder meinen Kois widmen.

***

Da sind Sie ja endlich Herr März. Hören Sie, so geht das nicht. Sie können doch nicht einfach die Bewohner dieses Hauses zu dem Mord befragen.

Was fällt Ihnen denn ein? Als Inhaberin und Leiterin dieser Residenz kann ich Ihnen diese Befragungen sehr wohl verbieten. Ich muss Ihnen das so direkt sagen: Nur, weil die Regale Ihres Appartements übersät sind mit Kriminalromanen, sind Sie noch lange kein Hauptkommissar.

Herr Frech, ein echter Kommissar, wird gleich hier sein und sich um alles kümmern, dessen Aufgabe ist es, diesen Mord aufzuklären.

Das ist alles schlimm genug für unsere Bewohner, da müssen Sie diese nicht zusätzlich verwirren mit ihrer Fragerei. Ich verstehe ja, dass Ihnen nach erst zwei Tagen in unserer Residenz noch langweilig ist, aber Sie werden sich schon in unseren Alltag hier einfügen. In zehn Minuten beginnt ein Heimatfilm in der Bibliothek. Ich würde Ihre Teilnahme sehr befürworten.

***

Sie sind der Neue, Herr März? Ich begrüße Sie jetzt mal mit Handschlag. Thea von Pfauenstein.

Nein, kein Witz, ich heiße tatsächlich so. Sie interessieren sich für den Mord, habe ich gehört. Waren Sie von Beruf Kommissar?

Sie haben die Kriminaler befragt. Wir nennen sie so, weil sie immer jeden Krimi gemeinsam im Fernsehzimmer anschauen. Ich nehme an, die Leiterin, Frau Schappensiel hat Wind von Ihren Ermittlungen auf eigene Faust bekommen, sonst würden Sie jetzt nicht hier in der Bibliothek sitzen und auf den Beginn eines Heimatfilmes warten.

Unsere Bibliothek ist übrigens sehr gut aufgestellt, auch in Bezug auf Kriminalromane und Thriller.

Ach, das ist ja interessant, Sie sind nur ein ambitionierter Krimileser, kein Kommissar. Wissen Sie, ich lese für mein Leben gerne Kriminalromane. Aber die im Fernsehen kann ich mir nicht mehr ansehen, die sind meist so grottenschlecht gemacht.

Das Wesen des Kriminalromans ist die Spannung und daran mangelt es den Kriminalfilmen im Fernsehen in eklatanter Weise. An Spannung und an Logik. An der Darstellung extremer Gefühle, die man im realen Leben normalerweise nicht ausleben will oder kann, fehlt es auf jeden Fall nicht. Ich meine, es wimmelt in den meisten Krimis oft nur so von Gewaltszenen. Auch die Faszination des Todes kommt dort keinesfalls zu kurz. Aber, was ist das alles, wenn die Spannung und die Logik fehlen? Genau, nichts als rohe, sinnlose Gewalt und der nackte, langweilige Tod. Wir beide verstehen uns.

Ich nehme an, die Polizei wird den Mord nicht aufklären können. Vielleicht würde es Ihnen gelingen, aber, wenn Sie hier in Frieden leben wollen, dann sollten Sie von diesen Ermittlungen die Finger lassen.

Thron? Er war ein sadistisches Schwein. Alle haben ihn gehasst. Alle. Er hat bei jedem Bewohner den wunden Punkt gesucht und gefunden und dann immer feste drauf. Auch von den Pflegerinnen und Pflegern konnte ihn keiner ausstehen.

Ach, da kommt ja Anton angewedelt, unser Haushund. Streicheln Sie ihn ruhig, er ist harmlos wie eine Ameise. Anton ist so ein ganz lieber, gutmütiger, wenn der dem Thron zu nahekam, dann hat er immer nach ihm getreten.

Wissen Sie, dieses Schwein hat sogar einmal versucht, Pünktchen, unsere verschmuste Hauskatze, zu vergiften, die hat das Zeug aber nicht gefressen. Am nächsten Tag lag jedoch eine Nachbarskatze tot im Kräuterbeet.

Ansonsten ist der leicht übergriffig geworden, milde ausgedrückt. Der wollte mir mal beim Duschen helfen, als ich mir ein Bein gebrochen hatte, ich sage Ihnen, das hat der nur einmal versucht. Er soll eine Bewohnerin sogar vergewaltigt haben, aber die wohnt nicht mehr hier. Ob es stimmt oder nur ein Gerücht ist, kann ich Ihnen nicht sagen.

Als Pfleger war Thron derjenige, der auch mal fürs Grobe zuständig war, wenn Sie wissen, was ich meine. Obwohl, auch Frau Schappensiel hat sich ihn mehrmals vorgenommen. Ich glaube, sie hätte ihn gerne entlassen, aber es ist schwer, heute ausreichend Pflegepersonal zu finden.

Als Thron gestern Nachmittag diesen Koi aus dem Gartenteich fischte, da war mir sofort klar, das bedeutet Krieg. Damit war er eindeutig zu weit gegangen. Stellen Sie sich vor, der Thron angelte sich mit der Hand Gronauers Lieblingsfisch, einen Butterflykoi, aus dem Teich, legte ihn auf den Gehweg, ich sage Ihnen, das Tier zappelte wie wild um sein Leben. Da hat dieser Unmensch dem Fisch mit einem Stein den Garaus gemacht. Dann ging er damit ins Zimmer zu dem alten Herrn und biss vor dessen Augen in den toten Koi. Throns Kommentar: ›Igitt, ich habe mir den Geschmack von Sushi immer viel leckerer vorgestellt.‹ Ich sage Ihnen, der Gronauer hat fast einen Herzkasper gekriegt. Dr. Braunfels, unser Hausarzt, musste dem was spritzen. Der Notarztwagen war schon unterwegs. Das war wirklich ernst.

Nein, ich glaube nicht, dass der Gronauer irgendjemand vom Personal den Grund für seine Herzattacke mitgeteilt hat. Ich gehe davon aus, dass er das selbst regeln wollte, vielleicht auch gemeinsam mit den anderen Kriminalern.

Woher ich das alles weiß? Ich habe den Thron doch gesehen, als er den Koi aus dem Teich angelte, meine Fenster haben Gartenblick, den Rest hat mir der General gesteckt. Wir haben schon zweimal versucht, den Thron loszuwerden, unsere Bemühungen waren allerdings nicht von Erfolg gekrönt.

Hören Sie, man muss sich auch als alter Mensch nicht alles gefallen lassen. Hat man nicht das Recht sich zu wehren? Ich glaube nicht, dass jemand aus der Seniorenresidenz verhaftet wird.

Ob die mich geschickt haben, die Kriminaler meinen Sie? Ich lasse mich von niemanden schicken. Ich finde nur, Sie passen ganz gut zu uns und ich habe Vertrauen zu Ihnen. Ich glaube, wenn es ganz hart käme, dann würde der General alles auf sich nehmen und einen auf Gaga machen. Ich bin mir hundertprozentig sicher, es käme nicht einmal zu einem Prozess, der dürfte einfach hier bei uns bleiben.

Nein, ich weiß das nicht genau, aber soweit ich gehört habe, wurde der Thron im Personalbüro mit dem schweren Lampenschirm erschlagen. Ich wette mit Ihnen, der hat fünf Schläge abbekommen. Mehr muss ich nicht sagen, oder?

Eine fast vergessene Schuld

Es war die Art, wie Catrin, meine Nichte, mich ansah, so fragend, so entsetzt. In diesem Augenblick war mir klar, dass sich nichts mehr verheimlichen ließ. Niemals hätte ich erwartet, dass diese Geschichte von sellemols mich noch einmal einholen würde, nicht nach dieser langen Zeit.

»Tante Ilse, wir haben etwas gefunden. Unter der Gartenlaube. Weißt du etwas darüber?«

Obwohl sich niemand unserer Familie jemals in dieser Gartenlaube aufgehalten hatte, besaß sie eine Art Bestandsschutz, war ihr Holz jedes Jahr neu gestrichen worden. Jeder, der auf dem Hof wohnte, wusste, dass die Gartenlaube heilig war. Meine Nichte schien das nicht allzu ernst genommen zu haben.

Catrin sah mich fordernd an. »Wenn du etwas weißt, musst du es mir sagen!«

Mir wurde schwindlig. Ich musste mich hinlegen. Meine Nichte half mir dabei. Das war alles zu viel für mich; ich stellte mich schlafend, bis Catrin gegangen war.

Aus meinem tiefsten Inneren war diese Schuld an die Oberfläche geschwappt und überflutete meine Gefühlswelt wie eine meterhohe Welle. Ich sah alles wieder vor mir. Noch einmal war ich sieben Jahre alt.

Wir wohnten auf dem elterlichen Hof meiner Mutter, einem Aussiedlerhof, der zur Gemeinde Lambsheim gehörte, dem Geburtsort meiner Eltern. Wir hatten mehrere Schweine, zehn Stallhasen, einige Hühner und einen Hahn. Seit mein Vater in den Krieg hatte ziehen müssen, wurden die meisten unserer Gemüsefelder von den Geschwistern und Eltern meines Vaters bestellt. Ich liebte das Leben auf dem Hof und das

Zusammensein mit den Tieren, besonders mochte ich den gutmütigen Schäferhund Asta und unsere Katzen. Bevor mein Vater eingezogen worden war, hatte bei uns auf dem Hof immer viel Trubel geherrscht. Wir hatten mehrere Mägde und viele Erntehelfer. Inzwischen gab es die meiste Zeit des Jahres nur noch uns beide auf dem Hof, meine Mutter und mich. Bis zu diesem Tag.

Es war der 22. Oktober 1940, als ich am späten Nachmittag in der Scheune ein Wimmern hörte.

Ich lief zu meiner Mutter und rief: »Komm Mama, komm schnell. In der Scheune ist ein kleines Kätzchen.«

Ich dachte, eine trächtige Katze hätte sich im Heu versteckt, um ihre Jungen zu gebären.

Statt eines kleinen Kätzchens fanden wir eine junge Frau mit ihrem Säugling. Meine Mutter nahm die beiden mit ins Haus und schloss, entgegen ihren sonstigen Gepflogenheiten, die Haustür ab. Zunächst weinte die Frau mit dem Kind um die Wette. Nachdem Emma ihren Säugling gestillt hatte, durfte ich die kleine Lana halten. Sie war erst fünf Wochen alt und hatte die Größe einer Puppe. Ich bewunderte ihre kleinen Händchen und Füßchen. Dann trug Mama meine Lieblingsspeise auf: Grumbeersupp mit Quetschekuche.

Emmas Vater war am frühen Morgen des 22. Oktober 1940 wach geworden, als an der Wohnungstür in der Hintergasse Sturm geklingelt wurde. Er ahnte Schlimmes. Emma versteckte sich mit dem Säugling im großen Schrank. Ihre Zähne klapperten wild, als sie durch das Schlüsselloch sah, wie mehrere uniformierte Männer in die Wohnung stürmten. Sie hatten eine Liste, auf der Emmas Eltern und deren Großeltern mütterlicherseits vermerkt waren. Emma stand nicht darauf, denn sie wohnte mit ihrem Mann in Frankenthal. Sie wollte nur das Laubhüttenfest, eine Art jüdisches Erntedankfest, bei ihren Eltern in Lambsheim feiern. Die Familie sollte packen, sie würden in einer Stunde abgeholt. Lediglich fünfzig

Kilogramm Gepäck und hundert Reichsmark pro Person durften sie mitnehmen. Es waren zwei Bewacher dageblieben, sie standen unten vor dem Haus und rauchten. Emma wollte bei ihren Eltern bleiben, aber ihre Mutter schaffte sie zusammen mit dem Kind zu einer Nachbarin, die einen Stock tiefer lebte. Die Frau sagte, wenn ihr Sohn davon erführe, würde er die junge Frau abholen lassen. Gegen Mittag drückte sie ihr etwas Geld in die Hand und schickte sie weg.

In Worms wohnte eine Cousine Emmas, die mit einem Deutschen verheiratet war. Vielleicht könnte sie dort fürs Erste unterkommen, dachte Emma. Sie hatte erwartet, sofort verhaftet zu werden, sobald sie aus dem Haus treten würde, aber niemand schien auf sie zu achten. Hastig verließ sie den Ort auf dem schnellsten Weg. Hier war Emma aufgewachsen, aber jetzt fühlte sie sich, als hätte man sie in einem ihr unbekannten Landstrich ausgesetzt. Verwirrt lief sie durch die Felder, ihren Säugling drückte sie fest an ihr Herz. Als sie vor Lambsheim an einem Aussiedlerhof vorbeikam, hatte sie vor, sich kurz zu sammeln und Lana in der Scheune zu stillen. Ängstlich sah sie auf den Schäferhund, der angeleint vor der Hütte stand, aber er bellte nicht einmal, als sie die Scheune betrat.

Emma und Lana blieben bei uns und Mutter richtete im Dachgeschoss ein Bett her. Auch meine alte Wiege wurde nach oben geschafft. Und dann bläute mir meine Mutter ein, dass ich mit niemanden über die beiden reden dürfte, sonst wäre das ihr und unser Todesurteil, dann würden wir alle abgeholt. Deshalb müsste ab jetzt auch die Haustür abgeschlossen werden. »Du muscht immer uffbasse!«, schloss meine Mutter.

Normalerweise blieb Emma mit Lana tagsüber oben im Dachgeschoss. Erst abends kam sie herunter. Wir aßen dann gemeinsam in der großen Wohnküche und saßen dort, bis wir zu Bett gingen.

Die beiden wohnten schon vier Wochen bei uns, als ich abends Asta nach draußen in die Hütte brachte. Vielleicht war ich durch irgendetwas abgelenkt worden oder ich hatte es einfach nur eilig, da ich mich auf meine Lieblingsspeise freute. Erwartungsvoll setzte ich mich an den Tisch. Meine Mutter wollte wissen: »Hast du auch die Tür abgeschlossen?«

Sofort hatte ich ein schlechtes Gewissen und stürzte nach draußen. Zunächst öffnete ich die Haustür einen kleinen Spalt weit, da sah ich Mimmi, unsere Katze, sie saß vor der Tür und sofort war sie im Haus. In ihrem Mund zappelte etwas. Sie hatte eine Maus mit ins Haus gebracht. Ich öffnete die Tür erneut und scheuchte Mimmi mitsamt der Maus hinaus. Meine Mutter ermahnte mich, endlich zum Essen zu kommen. Ich rannte los. Und zum zweiten Mal an diesem Tag vergaß ich, die Haustür abzuschließen.

Wir saßen gemeinsam vor unseren Tellern mit Grumbeersupp, daneben lag der leckere Quetschekuche, den ich so sehr zur Suppe liebte. Plötzlich war ein Geräusch zu vernehmen und schon wurde die Klinke der Küchentür heruntergedrückt. Den entsetzten Blick, den meine Mutter mir in diesem Moment zuwarf, werde ich mein Leben lang nicht mehr vergessen. Herein kam der Maiers Walter aus Frankenthal. Er war noch nicht ganz in der Küche, als er zu schreien begann: »Magret, isch glaab du hoscht net mehr alle Tasse im Schronk. Verschteckscht die mit ihrm Balg. Des muss isch melde! Des muss isch melde!«

Ich verstand nicht, über was er sich so aufregte. Wir saßen doch nur zusammen und aßen. Aber hatte mich meine Mutter nicht gewarnt, dass ich niemanden etwas sagen dürfte über Emma und Lana. Ich hatte niemanden etwas gesagt, jedoch vergessen, die Haustür abzuschließen.

»Alla hopp, setz dich halt erscht emol un du was mitesse«, sagte meine Mutter versöhnlich. Sofort schob sie ihm ein Stück Zwetschgenkuchen zu, stand auf und holte einen Teller, den sie randvoll mit Kartoffelsuppe füllte. Onkel Walter, wie ich ihn nannte, obwohl er nicht mein richtiger Onkel war, setzte sich tatsächlich und begann zu essen. Allerdings sagte er immer noch, dass er die Jüdin und das Kind mitnehmen müsse, und er müsse auch melden, wo sie sich versteckt gehalten hätten. Mama füllte seinen Teller erneut, und er bekam noch ein Stück Kuchen und zum Abschluss einen Schnaps. Dann sagte er, er müsse mal austreten. Emma sollte mit Lana nach draußen kommen. Walter war bei der Polizei, plötzlich holte er seine Handschellen hervor, grob drängte er die junge Frau in die Scheune. Zwei Minuten später kam er allein heraus und öffnete die Tür des Plumpsklos. Meine Mutter rannte in die Scheune, sie kam mit dem Säugling zurück und sagte zu mir: »Verschwinde mit Lana nach oben und komme erst wieder runter, wenn ich dich rufe. Auf keinen Fall vorher.«

Ich hatte Angst, große Angst. Es war dieses Zittern in der Stimme meiner Mutter. Nach einer gefühlten Ewigkeit kam sie nach oben und teilte mir mit: »Komm jetzt runter, es ist alles in Ordnung. Kein Wort, zu niemand.«

Onkel Walter sei nicht bei uns gewesen an diesem Abend. »Hast du mich verstanden?«

Ja, ich hatte verstanden. Und als ich nachts wach wurde und meine Mutter nicht im Ehebett neben mir lag, da hörte ich unten ein Geräusch. Ich schlich mich die Treppe runter, die Haustür stand offen. Draußen sah ich, wie meine Mutter gemeinsam mit Emma einen zusammengerollten Teppich in Richtung Gartenlaube schleifte. Ich ahnte, was passiert war. Erst sehr viele Jahre später erfuhr ich die ganze Wahrheit. Meine Mutter hatte mit einem großen Kantholz vor der Tür des Plumpsklos gewartet. Sobald Walter die Tür öffnete und heraustrat, drosch meine Mutter mehrmals auf seinen Schädel ein. Sie war eine sehr resolute und kräftige Frau; der schmächtige Walter hatte keine Chance. Die beiden Frauen gruben nachts ein großes Loch inmitten der Gartenlaube und bestatteten dort den Toten. Dann stampften sie die Erde wieder fest und stellten den runden Holztisch und die Bank darauf. Viele

Jahre später wurde der Boden der Gartenlaube betoniert. Kein Wort verloren wir jemals mehr über diese Geschichte.

Alles war meine Schuld gewesen. Hätte ich damals die Haustür abgeschlossen, wie mich meine Mutter geheißen hatte, dann wäre nichts passiert. Warum musste gerade auch Onkel Walter kommen, der manchmal nach dem Rechten sah. Der Maiers Walter war als einer der Ersten in die NSDAP eingetreten. Mit dem konnte man nicht dischbediere, meine Mutter hatte Handeln müssen, wollte sie Emma, Lana und uns beide retten. Sie war schon immer eine Frau der Tat gewesen.

Insgesamt wurden zwischen dem 21. und dem 22. Oktober 1940 über 6.500 Juden aus Baden, dem Saarland und der Pfalz in ein Lager nach Gurs in Südfrankreich deportiert. Aus der Pfalz wurden in dieser Nacht 826 Menschen verhaftet und weggeschafft. Aus Lambsheim waren es acht gewesen, die mit Bussen zu einer Sammelstelle nach Ludwigshafen gefahren wurden. Von dort wurden sie mit Zügen nach Gurs transportiert. Emma sah ihre Familie und auch ihren Mann niemals wieder. Ihre Großeltern überlebten die schrecklichen Zustände im Lager nur wenige Monate. Ihre Eltern und ihr Mann wurden 1942 deportiert und in Auschwitz-Birkenau ermordet.

Am nächsten Tag war meine Nichte erneut da. Ich freute mich immer, wenn Catrin mich besuchen kam. Sie wohnte jetzt auf dem Hof. Vor acht Monaten hatte ich beschlossen, aufgrund meiner Gebrechlichkeit ins Pflegeheim zu ziehen. Hier hatte ich mein eigenes Zimmer, es ging mir gut. Zuhause war alles zu beschwerlich geworden.

Catrin wollte die Wahrheit wissen. Unbedingt. Sie sollte sie erfahren.

Grumbeersupp un Quetschekuche
(Kartoffelsuppe und Zwetschgenkuchen)

Ja, ein echter Pfälzer isst den Quetschekuche direkt zur Grumbeersupp, auch wenn sich ein Außergewärdischer das nicht vorstellen kann.

Grumbeersupp

Zutaten
1 kg Kartoffeln
1 Zwiebel
2 Karotten
1 Stange Lauch
½ Knolle Sellerie
2 l Wasser
Petersilie, Schnittlauch (frisch)
Salz, Pfeffer, Majoran, Muskat
etwas Sahne, optional

Zubereitung
Die Kartoffeln und das Gemüse säubern, schälen und klein schneiden. In einen Topf geben, mit dem Wasser auffüllen und erhitzen. Sobald alles gar gekocht ist, die Masse durch ein Sieb passieren und mit den Gewürzen und der Sahne abschmecken, mit frischer Petersilie granieren.

Quetschekuche

Zutaten
1.250 g Zwetschgen
375 g Mehl
60 g Zucker
20 g Hefe
1/8 l Milch
1 Ei
60 g Butter
1 gute Prise Salz

Zubereitung
Zunächst einen Hefeteig herstellen. Hierzu das Mehl in eine Schüssel sieben. Etwas lauwarme Milch und einen Teelöffel Zucker mit der Hefe in einer Tasse verrühren, zu dem Mehl in eine Mulde geben und dort mit etwas Mehl verrühren. Den Teig zehn Minuten gehen lassen, dann die restlichen Zutaten hinzugeben. Alles gut schlagen, bis sich der Teig von der Schüssel löst. Eine Kugel formen und zugedeckt an einem warmen Ort gehen lassen (30 - 40 Minuten), bis sich der Teig verdoppelt hat.
Die Zwetschgen waschen, abtrocknen, halbieren und entsteinen.
Den Teig auf einem Kuchenblech verteilen. Die Zwetschgen gleichmäßig auf den Teig legen. Die Außenseite der Zwetschgen zeigt nach unten.
Backzeit: Ober- und Unterhitze 30 – 40 Minuten.
Sobald der Kuchen ausgekühlt ist, mit etwas Zucker bestreuen.

Fröhliche Weihnacht überall

Leise summt Felix vor sich hin: »Oh Tannenbaum, oh Tannenbaum ...« Er liebt die Weihnachtszeit mit den Plätzchen, den Geschenken, dem Weihnachtsmarkt und der Weihnachts-CD.

Mit Emma, der Schäferhündin, läuft er durchs Feld. Immer wieder wirft er ihr den Stock, Emma apportiert.

Gestern hatten sie alle noch einmal gemeinsam den Alzeyer Weihnachtsmarkt auf dem Roßmarkt besucht. Der Duft der gebrannten Mandeln steigt Felix in die Nase.

Ob heute sein Geschenk unter dem Baum liegen wird? Seit drei Jahren wünscht er es sich. Wie oft hatte er es in Gedanken immer und immer wieder benutzt? Sollte er das Geschenk bekommen, dann wird er es tun. Er wird es tun müssen.

Die kalte Luft schmeckt nach Schnee. Weiße Weihnachten, das wäre toll. Mit Emma könnte er sich im Schnee wälzen. Vielleicht würden sie einen Ausflug in den Wald machen, um zu rodeln. Mit Opa Jan war er oft in die Schweiz gefahren. Felix hatte Jahre gebraucht, um zu realisieren, dass er noch niemals in der Schweiz gewesen war, sondern lediglich in der Rheinhessischen Schweiz. Jedoch, die Ferien beim Opa waren schön gewesen. Felix kam stets gerne auf den kleinen Aussiedlerhof in der Nähe von Alzey. Als der Opa vor zwei Jahren starb, ist die Familie in das große, alte Haus gezogen. Inzwischen hasst Felix diesen Hof, weil alles hier viel schlimmer wurde.

Felix bringt Emma in die Scheune und geht in die Küche. Der süße Duft der Weihnachtsbäckerei erfüllt das ganze Haus. Die Mutter und seine Geschwister sitzen alle um den großen Küchentisch und backen Plätzchen. Leon leckt sich die Finger ab, an denen noch Schokostreusel kleben. Die kleine Mia steckt sich ein Stückchen Teig in den Mund und quietscht vor Freude. Die Mutter hat Mehl in den Haaren.

»Komm, Felix, du kannst das Gebäck aus dem Ofen holen.« Er zieht die Topfhandschuhe über die Hände, nimmt das heiße Blech aus dem Ofen und hebt die fertigen Buttersterne mit dem Pfannenwender vom Blech. Dieser Duft!

Die Mutter setzt jedem Kind zwei noch warme Weihnachtskekse auf die Hand. Alle schmatzen glücklich.

Jana legt die Teigrohlinge vorsichtig aufs Blech. Diesmal verteilen sie Zuckerstreusel auf die Butterkringel. Diese werden sie nachher an die Nordmanntanne hängen. Mit der ganzen Familie waren sie letzten Samstag im Vorholz gewesen. Schon zum zweiten Mal haben sie dort einen frisch geschlagenen Weihnachtsbaum erstanden. Felix mag den harzigen Geruch des Waldes, der mit der Tanne für einige Wochen ins Wohnzimmer einzieht. Er kann es kaum erwarten, den Baum zu schmücken. Später werden die Geschenke darunter liegen. Wieder fragt sich Felix, ob er ihn diesmal bekommen wird. Er ist sich nicht sicher, ob die Mutter den Grund seines Wunsches kennt.

Endlich sitzen alle Geschwister und die Mutter im Wohnzimmer am geschmückten Weihnachtsbaum, unter dem die Geschenke liegen. Nordmanntanne. Den Namen hat sich Felix gemerkt, er passt zu dem großen schlanken Baum. Das längliche Päckchen hat er längst entdeckt. Das muss sein Geschenk sein. Das Geschenk, das er sich schon so lange gewünscht hat. Vielleicht wird er es heute tun müssen. Er hat Angst davor. Und doch freut er sich darauf, es endlich in den Händen zu halten. Die Mutter stellt das Weihnachtsessen auf den Tisch. Wie jedes Jahr gibt es Würstchen mit Kartoffelsalat. Sie warten noch einige Zeit, aber als er nicht kommt, beschließt die Mutter: »So, wir essen jetzt.«

Ein Geräusch! Draußen im Flur!

Alle sehen gebannt zur Wohnzimmertür. Leon reißt die Augen weit auf. Mia beginnt zu weinen. Die Tür öffnet sich einen Spalt und Stromer, der schwarze Kater, schlüpft ins warme Wohnzimmer. Alle atmen auf.

Die Mutter trägt die leeren Teller in die Küche, danach sagt sie: »Zehn Minuten geben wir ihm noch.«

Man weiß nie, wann und in welchem Zustand er auftaucht. Felix hofft, dass er nie wiederkommt. Vor einigen Wochen hat er im Fernsehen eine Sendung gesehen, in der berichtet wurde, dass es Familienväter gäbe, die zum Zigarettenholen ihr Zuhause verlassen, ohne jemals zurückzukehren. Diese Reportage pflanzte einen kleinen Hoffnungsschimmer in sein Herz.

Felix steht auf und teilt der Mutter mit, dass sich die Kinder etwas ausgedacht haben. Jana und Leon stellen sich neben ihn, auch Mia holt er in ihre Mitte. Und dann sagen sie das Gedicht »Weihnachten« auf. Leon beginnt: »Markt und Straßen stehen verlassen ...« Mia quakt immer wieder dazwischen »Wei-mach, Wei-mach«.

»Das war eine tolle Überraschung«, die Mutter weint ein bisschen.

Endlich verteilt sie die Geschenke. Zuerst kommt Mia an die Reihe, danach Leon, Jana und zum Schluss Felix. Das längliche Päckchen ist schwer. Er reißt aufgeregt das weihnachtliche Papier ab. Genauso hat er sich den Baseballschläger vorgestellt. Felix stürmt auf seine Mutter zu und umarmt sie: »Danke Mama! Danke! Du bist die Beste.« Die Mutter versucht ein Lächeln, doch es sieht aus, als würde sie eine Grimasse schneiden.

Felix sitzt auf dem Sofa und streicht immer wieder über den Schläger. Das Holz fühlt sich glatt und warm an. »Einen Baseballschläger willst du?«, hatte der Vater gesagt, »spiel gefälligst Fußball, wie die anderen Jungs auch. So ein amerikanisches Zeug kommt mir nicht ins Haus.« Und jetzt ist ihm sein Wunsch doch erfüllt worden.

Die Mutter legt die Weihnachts-CD auf und das erste Lied ertönt: »Lasst uns froh und munter sein und uns recht von Herzen freu'n! ...«

Felix deponiert das Schlagholz hinter dem Sofa. Nun soll die Mutter ihre Geschenke bekommen. Mit Jana zusammen hat er der Mutter auf dem Weihnachtsmarkt einen geblümten Seidenschal gekauft. Mit Leon und Mia bemalten sie eine kleine Papp-Schachtel, in der die Mutter den Schal aufbewahren kann. Als sie die bunte Schachtel öffnet und den Schal erblickt, läuft ihr eine Träne aus dem rechten Auge. Fest drückt sie alle ihre Kinder an sich. Und in diesem Augenblick lächelt sie tatsächlich.

Ein vielstimmiger Kinderchor singt: »Alle Jahre wieder«. Bei der zweiten Strophe: »Kehrt mit seinem Segen ein in jedes Haus ...«, öffnet sich die Tür des Wohnzimmers erneut einen Spalt, diesmal ist es nicht der Kater. Es ist der Vater, der fast zur Wohnzimmertür hereinfällt. Mia beginnt zu weinen. Jana versteckt den neuen Pulli hinter ihrem Rücken und Leon stellt sein noch ungeöffnetes Spiel unter den Tisch.

Felix hat es sofort registriert. Er kennt jede einzelne Regung in seinem Gesicht ganz genau. Jeder in der Familie hat gelernt, aus seinen Gesichtszügen zu lesen wie aus einem Buch, sogar die zweijährige Mia. Manchmal wenn er trinkt, wird er weich und rührselig; meistens hingegen macht der Alkohol ihn böse und gemein. Heute wird es wieder Ärger geben. Viel Ärger. Felix' Hände zittern. Wird er es heute tun?

»Leise rieselt der Schnee ...« Felix konzentriert sich ganz auf den Text des Liedes. »In den Herzen ist's warm. Still schweigt Kummer und Harm, Sorge des Lebens verhallt ...«

Die Mutter gibt sich alle Mühe nett zu ihm zu sein; Felix weiß, dass es nicht helfen wird. Nichts kann sie davor retten. Nichts!

»Felix, stell' dich hin und zieh' die Hose runter!«, lallt er. »Los, mach schon!«

Das Lied »Fröhliche Weihnacht überall« wird angestimmt.

»Hör' wenigstens heute auf. Es ist Weihnachten. Axel, bitte!«, fleht die Mutter.

»Mit dieser Brut kann ich machen, was ich will und wann ich will. Scheiß auf Weihnachten! Hol' mir lieber ein kaltes Bier.«

Mutter steht auf und geht in die Küche.

»Komm endlich«, grob zieht der Vater ihn an den Haaren. Felix versetzt ihm einen Tritt und schafft es, sich aus dessen Umklammerung zu befreien.

»Warte nur, du kommst schon noch an die Reihe. Ich nehme zuerst deine Schwester. Jana, stell' dich hin! Hose runter!«, schreit er.

»Lass Jana in Ruhe!«, die Stimme von Felix ist fest wie noch nie zuvor in seinem Leben.

»Stille Nacht, heilige Nacht! Alles schläft, einsam wacht ...«

Die Mutter stellt das Bier auf den Tisch und auch sie traut sich zu sagen: »Lass Jana, sie hat doch nichts gemacht.«

»Die haben alle Schläge verdient. Alle, ohne Ausnahme. Du auch, du blödes Stück. Ich werde jetzt tun, was getan werden muss.«

In der letzten Zeit prügelt er noch öfter. Und seit drei Monaten schließt er sich immer wieder mit Jana im Kinderzimmer ein. Jana verrät nicht, was er dort mit ihr macht, aber Felix ist ja nicht dumm. Er kann es sich denken. Zu Beginn hat Jana geschrien, später nur noch leise geweint und gewimmert, inzwischen ist sie still geworden. Jana redet nicht mehr. Auch in der Schule nicht. Als der Brief ihrer Klassenlehrerin kam, hat er Jana so fest geschlagen, dass sie über eine Woche die Schule nicht besuchen konnte. Felix hat die Mutter angefleht, sich scheiden zu lassen. In seiner Klasse sind einige Schüler, deren Eltern sich getrennt haben. »Ach Felix, das geht doch nicht«, hatte die Mutter gesagt, »wenn ich das mache, bringt er uns alle um.« Felix wusste sofort, dass sie recht hatte. Jedes Mal, wenn er von einem Familiendrama hört, bei dem ein Vater seine Familie getötet hat, kann er tagelang an nichts anderes mehr denken.

Langsam zieht er den Gürtel aus seiner Hose. Zur gleichen Zeit greift Felix hinter das Sofa und holt den Baseballschläger hervor. Der Vater reißt Jana die Hose runter und schwingt den Gürtel wie eine Peitsche. Felix umfasst den Griff seines Geschenks, so fest er kann. Er geht auf ihn zu und hebt den Prügel hoch über seinen Kopf. So oft hat er sich vorgestellt, wie er das Schlagholz auf seinen Schädel sausen lässt, immer und immer wieder. Doch jetzt steht er da wie gelähmt. Resigniert lässt er das Holz sinken. Die Mutter nimmt es an sich. Er denkt, sie will es verstecken, denn bis jetzt hat der Vater von all dem nichts mitbekommen. Die Mutter jedoch geht von hinten auf ihn zu, hebt den Baseballschläger hoch und drischt auf den Kopf des Vaters ein. Dieser fällt auf Jana. Stöhnend versucht er sich aufzurichten. Nun nimmt Jana der Mutter den Schläger aus der Hand und versetzt ihm einen weiteren Treffer. Noch immer bewegt er sich. Mit einer ungeheuren Wucht prallt das Holz erneut auf seinen Schädel. Ein gespenstisches Knacken erfüllt den Raum. Felix hört einen Augenblick auf die Weihnachts-CD, ein Junge mit einer kristallklaren Stimme beginnt das Weihnachtsevangelium vorzulesen: »Es begab sich aber zu der Zeit ...« Nur das Schlagholz, das noch zweimal auf den Schädel des Vaters knallt, übertönt die Stimme des Vorlesers. Felix lässt den Prügel sinken.

Die Mutter nimmt ihn aus seiner Hand und sagt: »Jetzt ist es gut. Alles wird gut.« Ihre Stimme hört sich ungewohnt bestimmend an: »Leon, du gehst mit Mia ins Kinderzimmer und kommst erst wieder raus, wenn wir dich rufen. Felix, du besorgst die schwarze Plastikplane aus der Scheune. Jana, du stellst das Blech mit den Bratäpfeln in den Backofen. Ich hole heißes Wasser.«

Zusammen heben Felix und die Mutter den Vater auf die schwarze Plane, rollen ihn ein und schleifen ihn in den

Kühlraum. Gemeinsam wischen sie das Blut vom Boden auf. Immer noch dudelt die Weihnachts-CD: »Kling, Glöckchen, klingelingeling ...«

Als sie alle wieder um den Tisch sitzen, fragt Jana: »Rufen wir jetzt die Polizei?«

»Nein«, entscheidet die Mutter, »wir überlegen nach Weihnachten, was wir machen. Zunächst feiern wir unser erstes friedliches Weihnachtsfest.«

Die Mutter trägt die Bratäpfel auf. Felix spielt die Weihnachts-CD erneut ab.

Die DNA-Analyse

Mit größter Hingabe bearbeitet Gaius Titus die Klinge seines Schwertes. Es soll die schärfste Schneide in Rom werden, für den, der ihn der Lächerlichkeit preisgegeben hat, für den, der vom Freund zum Feind wurde. Sein ganzes Leben schon fliegen Marcus die gebratenen Tauben in den Schlund. Endlich wird Schluss damit sein.

»Hören Sie, das ist nicht witzig, überhaupt nicht witzig. Ausweis oder Reisepass! Sofort!« Ungeduldig trommelt der Polizist mit seinen Fingerknöcheln auf den Schreibtisch.

»Wie oft muss ich Euch meine Worte denn noch wiederholen: Mein Name ist Lucius Valerius und ich komme aus Rom.«

»Haben nicht auch Italiener einen Ausweis?«

»Und was soll diese Kluft mit dem Röckchen und diesem Kopfschmuck?«, will der zweite Polizist wissen, der sich über den gealterten Punker wundert, den sie vor dem Kelkheimer Rathaus aufgegriffen haben. Er trank aus dem Ofterdingerbrunnen und besah sehr eingehend die kniende Figur aus Bronze, die Heinrich von Ofterdingen beim Harfespielen am Liederbach zeigt.

»Ich bin Prätorianer in der Leibgarde von Marcus Aurelius. Ihr müsst mir helfen.« Und dann erzählt er etwas von einem geplanten Mord.

Die beiden Polizisten werfen sich immer wieder Blicke zu, die besagen, dass es richtig war, diesen komischen Kauz erst einmal mit auf die Polizeistation zu nehmen.

Lucius zweifelt, dass er diese Schlacht gewinnen kann. Die Hexe Zenobia war sich sicher gewesen. »Das ist alles ein Kinderspiel«, sagte sie. »Ihr nehmet diesen Trunk, damit kommet

Ihr in eine andere Zeit, Ihr werdet ihre Sprache sprechen. Aber wahret Geduld, wartet ab, bis Ihr einem Menschen dort in der Tat Vertrauen schenken könnt. Erst dann zeigt ihnen Eure gesammelten Haarbüschel. Dort wird man wissen, was zu tun ist. Sobald Ihr gewahr seid, wer der Mörder ist, kommt Ihr mit dem zweiten Trunk in der Phiole zurück.«

Und jetzt ist er hier, wo riesige Vögel am Himmel fliegen, wilde Tiere mit vier Rädern in Herden über die Wege rasen. Mensch und Tier scheinen unaufhaltsam auf der Flucht zu sein, als wäre der Leibhaftige hinter ihnen her. Dies scheint eine verkehrte Welt und die Menschen sind nicht mehr ganz bei Sinnen.

»Wir haben drei Neuaufnahmen auf der Geschlossenen«, teilt Sonja allen in der Küche mit. »Der Römer ist echt der Hammer. Der behauptet doch tatsächlich, dass er aus dem alten Rom komme und einen Mord verhindern müsse. Was der wohl für Drogen intus hat? Manchmal denke ich, es gibt immer mehr Durchgeknallte.«

»Na, Mona, dann viel Spaß!«, wünscht eine andere Krankenschwester, als sie mit ihrem frischen Kaffee aus der Küche stolziert.

In Monas Terminkalender steht tatsächlich »Lucius Valerius: 14 bis 15 Uhr, Erstgespräch«. Sie ist schon sehr gespannt. Mona liebt ihre Tätigkeit als Psychologin in der Psychiatrie; in welchem anderen Beruf würde sie so viele außergewöhnliche Menschen kennen lernen?

Lucius weiß nicht, wo er sich befindet. Eine Herberge mit abgeschlossener Tür und komischen Gesellen. Aber immerhin ist er nicht im Kerker gelandet. Jetzt sitzt er einem bildhübschen Weib gegenüber, mit ihren langen schwarzen Haaren und ihren dunklen Augen erinnert sie ihn an die Hexe Zenobia. Noch einmal erzählt er seine Geschichte.

»Ich sage Euch, nur auf diesem Weg kann ich das Leben von Marcus Aurelius retten.« Und wieder schildert er einen Traum, wie er gesehen hat, dass jemand Marcus ersticht. »Auf seinem Gesicht war große Überraschung zu lesen, er musste den Mörder gekannt haben. Leider konnte ich diesen nur von hinten sehen. Aber dann hatte ich zwei Tage später einen weiteren Traum. Wieder sah ich den Täter von hinten, er kürzte in einer Herberge seine Haare. Ich habe mehrere Strähnen dort gefunden und der Wirt der Bleibe hat eine Beschreibung dieses Mannes geliefert.«

Aus einer Innentasche befördert Lucius fünf kleine, verschiedenfarbige Beutelchen, in jedem steckt ein Haarbüschel.

»Ich habe das Haar des Mörders und ich habe vier Männer gefunden, auf die die Beschreibung des Wirtes zutrifft und die sich im inneren Zirkel um Marcus aufhalten. Die Hexe Zenobia war sich sicher, dass Ihr in Eurer Zeit damit den Täter ausfindig machen könnt.«

Mit seiner Stimme, mit seinen Gesten, fast hat er diese Fremde angefleht, ihm Glauben zu schenken. Ihn trifft ihr skeptischer Blick und er ahnt: Auch dieses Weib nimmt seine Geschichte nicht für bare Münze.

Gaius' Vaters Waffenschmiede hatte immer einen guten Ruf. Aber Marcus will keinen Krieg führen, wenn er einmal Kaiser ist. Soll er zusehen, wie der alles zerstört? Und ausgelacht hat Marcus ihn, weil er Angst habe, vor allem Fremden, vor den angrenzenden Völkern, vor den Christen in Rom, vor schlimmen Krankheiten, vor allem und jedem habe er, Gaius, Angst. Ob er eine Memme sei, wollte er von ihm wissen. Alle wichtigen Männer Roms, die anwesend waren, haben über ihn gelacht, über ihn, Gaius. Aber über Gaius lacht man nicht.

Was soll Mona mit diesem angeblichen Römer anfangen? Nach seinen Wahnvorstellungen muss er um 150 nach Christus leben. Auf ihre Frage im Erstgespräch, warum er nach Kelkheim gekommen sei, antwortete er, dass er dachte, er würde sich in der Gegend auskennen. Bevor er Prätorianer wurde, sei er einige Zeit hier am Limes stationiert gewesen. Im Internet findet sie später das Kastell, in dem er gewesen sein will: Kastell Kleiner Feldberg.

»Ich binde Euch keinen Bären auf. Es ist die Wahrheit. Bitte glaubt mir.«

Irgendetwas an diesem Lucius Valerius irritiert sie. Er wirkt verwirrt, aber nicht psychisch krank. Natürlich glaubt er das, was er sagt. Viele Kranke glauben fest an ihre Wahnvorstellungen. Jedoch bei ihm ist es anders. Sie weiß nicht, warum, aber ... Sie muss sich selbst zur Ordnung rufen: Es gibt keine Zeitreisenden. Unmöglich! Dann hat sie eine Idee. Mona nimmt ihr Handy zur Hand, sie will ihm zeigen, dass Marcus Aurelius nicht umgebracht wurde. Sie wischt über ihr Smartphone und hält es ihm hin. Der Fremde erschrickt und wendet sich heftig ab. Seine Augen sind weit aufgerissen.

»Was ist das für eine Teufelsmaschine?

»Das ist so etwas wie ein Buch.«

»Ein Buch?«

»Verzeihen Sie, Sie müssen uns alle für verrückt halten.«

Mona zeigt ihm das Lexikon. Dort steht, dass Marcus Aurelius am 17. März 180 auf dem Feldzug an einer Krankheit verstarb.

Zunächst erhellt sich sein Gesicht, aber dann sagt er: »Wenn es mir nicht gelingt, diesen Mord zu verhindern, wird dort etwas anderes stehen.«

»Hier, ziehen Sie das an.« Ihre Jogginghose und ihr T-Shirt passen ihm. Wenigstens hat er sich jetzt dieser Uniform entledigt. Sie weiß nicht, warum, aber als er ihr mehrere römische Münzen gezeigt hat, erlag sie ihrem Bauchgefühl, auch wenn ihr Verstand sich heftig dagegen sträubte, als sie ihn aus der Klinik schmuggelte.

Von der Psychiatrischen Klinik in Köppern aus fahren sie mit Monas Auto in Richtung Kelkheim. Sie erklärt ihm, dass sie in der Stadt wohne, wo ihn die Polizei aufgegriffen habe. Sie bietet ihm an, dass er zunächst bei ihr im Gästezimmer übernachten könne.

Unterwegs legen sie bei den gut erhaltenen Grundmauern des Kastells Kleiner Feldberg einen Zwischenstopp ein. Es befindet sich nahe Glashütten und Oberreifenberg. Die Augen des angeblichen Römers beginnen zu leuchten. Sofort beginnt er damit, Mona das Kastell zu erklären, er zeigt ihr, wo die hundertsechzig Mann Besatzung untergebracht waren, wo sich die Stallungen befanden. Er behauptet, das Militärlager habe zur Sicherung und Überwachung des Obergermanischen Limes gedient.

Mona ist ein sehr rationaler Mensch, normalerweise. Dieser Fremde ist sehr überzeugend. Jedoch, stimmt es auch, was er ihr erzählt? Das fragt sie sich immer wieder.

Lucius sitzt in ihrer Küche und isst das vierte Stück Zettelkuchen. Er will unbedingt lernen, diesen köstlichen Kuchen zu backen. Mona verspricht es ihm.

Sie muss verrückt geworden sein. Bisher hat sie ihre Menschenkenntnis noch nie im Stich gelassen. Ihr ist sehr wohl bewusst, dass sie sich strafbar macht, wenn sie einem in die Psychiatrie Eingewiesenen die Flucht ermöglicht und diesen auch noch bei sich aufnimmt.

Jetzt muss sie nur noch ihren Bruder Jonathan, der in Frankfurt bei der Kripo arbeitet, davon überzeugen, DNA-Analysen in Auftrag zu geben. Sie hat sich schon eine Geschichte zurechtgelegt. Sie wird ihm von einer verzweifelten Freundin berichten, die dringend wissen müsse, wer der Vater ihres Kindes sei.

»Wie stellst du dir das vor? Deine Freundin kann einen Vaterschaftstest beantragen.« Er lacht.

»Meine Freundin muss dieses Ergebnis jetzt wissen, auf der Stelle.«

»Mona, ich würde meinen Job riskieren. Ist dir das klar?«

»Ja, ich weiß.«

»Hör mal, Schwesterchen. Diese Bitte passt so gar nicht zu dir.«

»Pass auf, Jonathan, es gibt keine Freundin.« Sie atmet mehrmals tief durch. »Ich benötige das Ergebnis. Und ich muss es wissen, so schnell wie irgend möglich. Es geht um Leben und Tod.«

Immer noch amüsiert sagt er: »Das musst du mir erklären.«

»Jonathan, bitte stell jetzt keine Fragen. Ich brauche deine Hilfe. Nur dieses eine Mal. Bitte! Jonathan, bitte!«

»Okay, Mona. Ich muss los, gib das Material in meinem Büro ab.«

Erleichtert sagt sie: »Ich danke dir.«

»Wir müssen reden, Mona.«

»Sobald das Ergebnis da ist, werde ich dir alles erklären. Versprochen.«

Endlich bin ich ihm nahe, so nahe, dass sein Ende kommen wird. Alle sagen, er sei zu gut für diese Welt. Zu gut, dass ich nicht lache, denkt Gaius. Ja, für alle hat er immer ein rechtes Wort, für die Sklaven, für die Christen, für die Weiber. Aber mich verhöhnt er. Jetzt gehöre ich seiner Garde an. Über sein Wohl werde ich wachen.

Lucius versteht so vieles nicht in dieser modernen Welt. Mona gerät nicht selten in Erklärungsnot, wenn er wissen will, warum die Menschen ständig in einen schwarzen Knochen sprechen, den sie an ihr Ohr oder vor ihren Mund halten.

Immer wieder versucht Mona, den Römer an ihren Computer zu locken. Aber er traut dieser sprechenden und blitzenden Kiste nicht. Er hat Angst vor ihr. Beim ersten Mal stößt er den Bildschirm um. Sie ist froh, dass er noch funktioniert. Dann probiert sie es mit dem Handy. Er hatte ja gesehen, dass den Menschen, die hineinsprachen, nichts passiert war. Mona zeigt ihm das Kastell Kleiner Feldberg und das Kastell Saalburg. Ganz traut er diesen technischen Errungenschaften nicht, aber langsam findet er Gefallen an dem, was er alles über das Leben Marcus Aurelius' erfahren kann.

Jetzt surfen sie gemeinsam stundenlang im Internet.

»Es ist mir eine Ehre, mein Leben für Marcus Aurelius aufs Spiel zu setzen. Er muss Kaiser werden; er ist gut für das römische Reich und gut für das römische Volk.«

Sie weiß nicht, warum, aber sie glaubt Lucius.

Mona hat einige Tage Urlaub genommen. Mit Lucius fährt sie durch den Taunus, auch das Römerkastell Saalburg besichtigen sie. Als er Mona erklärt, was alles nicht stimmig ist an dem Kastell und wie es zu seiner Zeit tatsächlich war, werden auch noch die letzten Zweifel bei ihr ausgeräumt.

Zusammen betrachten sie den Möbelbrunnen in Kelkheim. Die Schubladen einer Kommode aus Bronze bilden eine Treppe für das Brunnenwasser.

Über die Stadt der Möbel will Lucius mehr wissen. Aus diesem Grund zeigt sie dem Römer das Museum für Möbelhandwerk und Stadtgeschichte in der Frankfurter Straße.

Mona erläutert: »Seit Mitte des 19. Jahrhunderts ließen sich immer mehr Schreiner in der heutigen Stadt Kelkheim nieder. Es gab einmal dreihundert Schreinereien hier. Obwohl heute nicht mehr so viele Schreinereibetriebe vorhanden sind, wird die Stadt immer noch ihrem Ruf als Möbelstadt gerecht.«

Lucius ist begeistert von den vielen schönen Schränken im Museum. Er legt seine Hand auf eine Kommode mit marmorierter Oberfläche, schließt die Augen und sagt: »Man kann die Schönheit des Holzes fühlen. Das Holz lebt.«

Auch ihr Versprechen löst Mona ein, sie bäckt mit Lucius einen Zettelkuchen. Sie bereiten einen Hefeteig, in den sie die gepellten und geriebenen Kartoffeln unterkneten. Sie lassen den Teig gehen, bis er doppelt so groß ist. Dann rollen sie ihn auf einem gefetteten Backblech aus und lassen ihn erneut gehen, bevor sie flüssige Butter auf dem Teig verteilen und ihn mit Zucker und Mohn bestreuen. Nachdem sie ihn in rechteckige »Zettel« geschnitten haben, schieben sie ihn in den Backofen. Lucius liebt diesen Kuchen, bei jedem Bissen stöhnt er vor Wonne. Am liebsten isst er Gerichte mit Kartoffeln. Bei seinem ersten Anblick dieser seltsamen Knolle war er sehr erstaunt. Mona verspricht, ihm welche mit auf die Reise zu geben.

Nach Tagen erfahren sie endlich das Ergebnis der DNA-Analyse. Kann wirklich Gaius der Mörder sein? Schon von Kindesbeinen an kennt er ihn. Lucius muss zurück. Sofort! In diesem Augenblick fällt ihm auf, dass der kleine Lederbeutel ohne Inhalt ist. Wo ist die Phiole?

»Alles ist vorbei. Marcus wird sterben.«

Lucius schreit, er tobt, er weint, nur mit Mühe kann ihn Mona beruhigen. Erst als sie ihm das Fläschchen übergibt, beruhigt er sich.

Die Phiole wurde in der Klinik konfisziert. Wie gut, dass Mona sie bei ihrer Flucht mit Lucius entwendet hat.

Gaius ist außer sich. Nicht er soll mit Marcus Aurelius an die Grenze reisen, sondern Lucius soll zusammen mit seinem Bruder die Bewachung übernehmen. Schon beginnt er mit der Überlegung, wen von beiden er beseitigen müsse, damit er selbst zum Zuge komme, aber da erfährt er, dass Lucius unauffindbar ist und nun doch die Wahl auf ihn falle.

Lucius nimmt die Phiole von Mona entgegen, umarmt sie, bedankt sich für ihre Hilfe und geht ins Gästezimmer. Als Mona ihm wenige Augenblicke später die Kartoffeln bringen will, die er in der Küche vergessen hat, ist das Gästezimmer leer. Der Wohnungsschlüssel steckt von innen und die Tür ist abgeschlossen. Wenn nicht die römischen Münzen noch auf

dem Küchentisch liegen würden, Mona würde glatt an ihrem
Verstand zweifeln.

Heute ist es endlich so weit, denkt Gaius. Als Einziger begleitet er Marcus auf seinem Abendspaziergang. Dieser schreitet voran und er folgt wenige Schritte hinter ihm.

Urplötzlich zieht Gaius sein Kurzschwert, in diesem Augenblick dreht sich Marcus um. Jedoch –, es ist nicht Marcus Aurelius, sondern Lucius. Und schon stürzen sich mehrere Prätorianer auf Gaius und nehmen ihn gefangen.

Zettelkuchen mit Mohn

Zutaten
1 kg Mehl
1 Päckchen Hefe
100 g Butter
120 g Zucker
1 Ei
1/4 l lauwarme Milch
1 Prise Salz
400 g Pellkartoffeln
zudem:
200 g flüssige Butter
200 g Zucker
100 g gemahlener Mohn

Zubereitung
Aus den Zutaten Mehl, Hefe, Zucker, zerlassene Butter, Milch und
Salz einen Hefeteig bereiten. Gepellte und geriebene Kartoffeln unterkne-
ten.
Den Teig auf das Doppelte gehen lassen.
Teig auf ein gebuttertes Backblech ausrollen und nochmals 30 Minuten
gehen lassen.
Flüssige Butter auf Teig verteilen, mit Zucker und Mohn bestreuen. Vor
dem Backen in rechteckige »Zettel« schneiden.
Backzeit: 35 Minuten bei 180 Grad.

Besonders gut schmeckt der Zettelkuchen, wenn er noch warm ist, zum
Beispiel mit Vanillesoße.

Literaturverzeichnis

Ein Fall für die Mordkommission?

Ein Fall für die Mordkommission?, in: Pfälzisch kriminelle Weihnacht
Lange (Hrsg.), Wellhöfer Verlag, Mannheim,
September 2019, ISBN 978-3-95428-263-0

Die heilende Kraft der Suggestion, in: Schreibaffären.
Schmid-Spreer, Lange (Hrsg.), Verlag art & words, Nürnberg, April 2013, ISBN 978-3-943140-27-9

Rabenmutter

Rabenmutter, in: Literarische Streifzüge durch Miltenberg.
Stadt Miltenberg/Volkshochschule (Hrsg.), Wellhöfer-Verlag, Mannheim,
November 2012, ISBN: 978-3-95428-112-1

Gertenschlank

Gertenschlank, in: **Weck, Worscht - Mord!** 15 Kurzkrimis aus Rheinhessen werden mit 17 Rezepten mörderisch gut aufgetischt.
Fries, Schulz-Parthu (Hrsg.), Leinpfad-Verlag, Ingelheim, November 2011, ISBN 978-3-942291-33-0

Flammen des Verrats

Flammen des Verrats, in: **Blutspuren auf Mallorca**
Lamberts, Schmid-Spreer, Lammers (Hrsg.), Wellhöfer Verlag, Mannheim, September 2018,
ISBN 978-3-95428-241-8

Honigkuchen und Bankenkrise

Honigkuchen und Bankenkrise, in: **Imkermord & Bienentod.** Kriminelle Kurzgeschichten
Moriggl, (Hrsg.), KSB-Media, Gerlingen März 2017,
ISBN 978-3-946105-66-4

Das Böse darf nicht siegen

Das Böse darf nicht siegen, in: **Erfurt – Mordsmäßig aufgetischt.** Kriminelle Kurzgeschichten
Bleicher (Hrsg.), KSB-Media, September 2016,
ISBN 978-3-946105-45-9

Die Fratze des Teufels

Die Fratze des Teufels, in: **Dürer und die Fratze des Teufels**
Lamberts, Schmid-Spreer (Hrsg.), Wellhöfer Verlag,
Mannheim, September 2019, ISBN 978-3-95428-260-9

Eine Vergangenheit, die nie vergeht

Das Weihnachtsgeschenk, in: **Tödlicher Glühwein –**
21 Weihnachtskrimis aus der Pfalz
Greifenstein, Schulz-Parthu (Hrsg.), Leinpfad-Verlag,
Ingelheim, September 2014, ISBN 978-3-942291-80-4

Eine Vergangenheit, die nie vergeht, in: **Unbekannt
verzogen.**
Stockstädter Literaturwettbewerb 2011 - 2012, Literatur-
preis der Sparkassenstiftung Groß-Gerau, Buchmesse im
Ried, Die Siegerbeiträge. Verlag: H&T, Stockstadt, März
2012

Nachts, wenn die Schatten kommen

Nachts, wenn die Schatten kommen, in:
Flucht.Punkt.Stadt.
Literarisches Zentrum Rhein-Neckar e.V. „Die Räuber
´77" (Hrsg.), Vorwerk 8 Verlag, Berlin, Oktober 2017
ISBN 978-3-94038-498-0

Maries drittes Leben

Maries drittes Leben, in: **Im Verborgenen**.
Mannheimer Heinrich-Vetter-Literaturpreis 2010 – Texte
der Preisträger und Preisträgerinnen sowie der Nominier-
ten

Der Geschmack von Sushi und das Wesen des Krimis

**Der Geschmack von Sushi und das Wesen des Kri-
mis**, in: **Pflegestufe Mord**,
Schmid-Spreer, Lamberts, Woda (Hrsg.), Verlag art &
words, September 2018, ISBN 978-394314-059-0

Eine fast vergessene Schuld

Eine fast vergessene Schuld, in: **Blutworscht Blues**. 21
Krimis & Rezepte aus der Pfalz
Lange, Wellhöfer (Hrsg.) Wellhöfer Verlag, Mannheim,
September 2016, ISBN 978-3-95428-213-5

Fröhliche Weihnacht überall

Fröhliche Weihnacht überall, in: **Tödlicher Glühwein**
– 19 Weihnachtskrimis aus Rheinhessen
Platz, Schulz-Parthu (Hrsg.), Leinpfad-Verlag, Ingelheim,
September 2013, ISBN 978-3-942291-67-5

Die DNA-Analyse

Die DNA-Analyse, in: **Hessen mörderisch genießen**
Lamberts, Schmid-Spreer (Hrsg.), Wellhöfer Verlag,
Mannheim, September 2019, ISBN 978-3-95428-259-3

Lucius, der Prätorianer, in: **Mords Römer.**
Kreisausschuss Odenwaldkreis (Hrsg.), Sieben Verlag,
Ober-Ramstadt, September 2012,
ISBN 978-3-864430-90-9

Über das Buch

Das Böse darf nicht siegen enthält vierzehn kriminelle Kurzgeschichten der Autorin, die seit 2010 in diversen Anthologien bei verschiedenen Verlagen erschienen sind. Tatort ist meist die Rhein-Neckar-Metropolregion.
Für die Anthologie wurden die meisten Kurzkrimis noch einmal überarbeitet.
Die Bandbreite reicht von humorvollen Krimis über historische Bezüge bis zu Texten, die zum Nachdenken anregen. Ob es um Polizisten geht, die das Recht selbst in die Hand nehmen, um ein bitterböses ICE-Abenteuer oder um Flucht und Vertreibung, garantiert werden Sie die Geschichten nicht so schnell wieder vergessen. Tauchen Sie ein in ein besonderes Leseerlebnis!

Über die Autorin

© Petra Scheuermann

Petra Scheuermann wurde in Frankenthal/Pfalz geboren. Seit vielen Jahren lebt sie in Mannheim. Von Beruf Sozialarbeiterin, Heilpädagogin und Erzieherin, widmet sie sich heute intensiv dem Schreiben. Seit 2010 wurden zahlreiche ihrer Kurzgeschichten in Anthologien veröffentlicht, einige hiervon bei Literaturwettbewerben nominiert und ausgezeichnet. Ihre Kriminalromane **Schoko-Leiche**, **Schoko-Pillen** und **Schoko-Engel** wurden in den Jahren 2014 und 2015 veröffentlicht, 2019 wurden sie neu aufgelegt. Mit **Schoko-Killer** wurde die Serie um Tanjas Schoko-Traum 2019 fortgesetzt.

Die Autorin ist Mitglied im Verband deutscher Schriftstellerinnen und Schriftsteller, im SYNDIKAT, bei den ›Mörderischen Schwestern‹ und dem Literarischen Zentrum Rhein-Neckar e.V. ›Die Räuber `77‹.

Weitere Informationen: www.petrascheuermann.de

Petra Scheuermann
Schoko-Leiche

TWENTYSIX, 2019
12 € (E-Book 3,99 €)
ISBN 978-3-740725-82-2

Tanja Eppstein ist stolze Besitzerin der Chocolaterie Schoko-Traum in der Heidelberger Altstadt. Bei heißer Schokolade und köstlichen Pralinen löst sie die kleinen, manchmal auch die großen Probleme ihrer Kunden und Freundinnen.

Erschlagen, von oben bis unten mit Schokoladen-Peeling beschmiert, liegt Tanjas beste Kundin in ihrem Wellnessbad. Zu eigenen Ermittlungen sieht sich Tanja gezwungen, als die Polizei den Freund ihrer Tochter als mutmaßlichen Täter verhaftet. Zu dumm nur: Statt ihrem Hauptverdächtigen kräftig auf den Zahn zu fühlen, verliebt sich Tanja in ihn. Aber ist er tatsächlich unschuldig? Wo hielt sich der Neffe der Toten zur Tatzeit auf? Und was hat es mit diesem ›Testa-Spaß‹ auf sich?

Frech und spritzig geschrieben macht dieser spannende Schoko-Krimi Lust auf mehr.

Mit leckeren Schokoladen-Rezepten zum Ausprobieren.
Ort der Handlung: Heidelberg und Frankfurt/Main

Petra Scheuermann
Schoko-Pillen

TWENTYSIX, 2019
12 € (E-Book 3,99 €)
ISBN 978-3-740728-61-8

Tanja Eppstein ist Inhaberin der Chocolaterie Schoko-Traum in der Heidelberger Altstadt. In Schoko-Pillen wird sie in ihren zweiten Kriminalfall verwickelt. Plötzlich steht sie selbst im Fadenkreuz der polizeilichen Ermittlungen. Und dieses Problem lässt sich nicht mit einer heißen Anti-Kummer-Schokolade lösen.

Zwei ehemalige Drogenabhängige sterben an einer Überdosis Heroin. Max, Tanjas Hilfe im Schoko-Traum, mutmaßt, dass da jemand nachgeholfen haben könnte. Mussten die beiden jungen Männer sterben, weil sie zu viel über die Geschäfte eines Crystal-Meth-Dealers wussten? Nach einem Drogenfund im Schoko-Traum werden Tanja und Max verhaftet. Jetzt sehen sie sich gezwungen, auf eigene Faust zu ermitteln. Unvermutet bekommt der Fall eine ganz neue Dimension. Als Tanja sich beim Besuch auf dem größten Weinfest der Welt, dem Dürkheimer Wurstmarkt, in den Profiler Cem verliebt, fährt ihr Gefühlsleben mehr als einmal Achterbahn.

Dieser mit leichter Feder geschriebene Schoko-Krimi steigert sein Tempo rasant und wartet auf mit zahlreichen überraschenden Wendungen.

Mit leckeren Schokoladen-Rezepten zum Ausprobieren.
Ort der Handlung: Heidelberg und die Pfalz

Petra Scheuermann
Schoko-Engel

TWENTYSIX, 2019
12 € (E-Book 3,99 €)
ISBN 978-3-740728-79-3

Tanja Eppstein, Inhaberin der Chocolaterie Schoko-Traum, hat mit dem Geschäft, ihren beiden pubertierenden Kindern und einer neuen Liebe alle Hände voll zu tun. Dennoch begibt sie sich in gefährliche Ermittlungen auf eigene Faust. Diese offenbaren eines der dunkelsten Geheimnisse der ehemaligen DDR.

Theo Maier, ein Stammkunde Tanjas, wird verdächtigt, im letzten Jahr zwei Frauen brutal vergewaltigt zu haben. Obwohl er in einem spektakulären Prozess freigesprochen wird, glaubt niemand an seine Unschuld. Sein Leben wird zum Spießrutenlauf. Er erschießt sich. Doch in Tanja nagen Zweifel. War Maier tatsächlich der Täter? Wieso mochte er plötzlich keine Zartbitterschokolade mehr? Wer war der Mann in der Bar? Und weshalb ließ der Täter die Schoko-Engel an den Tatorten zurück?

Heißhunger auf Schokolade? Stillen Sie ihn mit den Krimis um Tanjas Schoko-Traum, restlos kalorienfrei, jedoch spritzig, humorvoll und spannend.

Mit leckeren Schokoladen-Rezepten zum Ausprobieren.
Ort der Handlung: Heidelberg und Berlin